GENDAI TANKASHA

『キリンの子』を読む

鳥居歌集を読むつどい実行委員会 編

『キリンの子』を読む

Contents

イラストレーション　よしろう　　デザイン　桑野由貴子（かじたにデザイン）

Part1

採録

鳥居歌集『キリンの子』を
読むつどい

この章は、左記のつどいにおけるパネリスト、
参加者、著者の発言をほぼ完全に採録したものです。

名称：鳥居歌集『キリンの子』を読むつどい
日時：２０１６年12月29日　場所：トラベリングコーヒー（京都）
主催：鳥居歌集を読むつどい実行委員会（大辻隆弘　岡井隆　水原紫苑　吉川宏志）

TORII

鳥《とり》居《い》歌《か》集《しゅう》『キリンの子』を読むつどい

小学生のとき、拾った新聞で
岡井隆の「けさのことば」を
読んで詩をおぼえる一方、
過酷な運命のもと、
地べたを這うように生き抜いてきた少女、鳥居。
２０１６年２月に上梓された
衝撃の第１歌集は２万部近くを売り、
amazon歌集ランキング１位を記録し続けている。
年の瀬の午後、読者と歌人たちが
京都・木屋町のカフェにつどい、
あたたかくもきびしい感想を鳥居に贈る
短歌のトークイベント。お気軽にお立ち寄りください。

2016
12月29日
㊍

KIRIN
NO KO

PROGRAM

12:30-14:20　パネルディスカッション
『キリンの子』わたしはこう読んだ
パネリスト
大辻隆弘　水原紫苑　吉川宏志（司会兼）
14:20-14:50　会場をまじえたトークセッション
14:50-15:00　著者の鳥居さんからあいさつ

場所　トラベリングコーヒー（元・立誠小学校校舎内）
京都市中京区蛸薬師通河原町東入備前島町310-2
TEL：080-3853-2068
開催時間　12：30〜15：00（受付は12：15から）
定　員　30名
参加費　1500円（ワンドリンク付き）
主　催　鳥居歌集を読むつどい 実行委員会　大辻隆弘（未来）岡井隆（未来）水原紫苑　吉川宏志（塔）
問合わせ　事務局：真野少（八雁）　TEL：080-8410-3277　E-mail：sho000mano@gmail.com
※席に限りがありますので、できるだけ予約してください。

事務局　年末の押し迫ったなか、こんなに多くの方にお集まりいただき、ありがとうございます。鳥居さんの第一歌集『キリンの子』は今年二月に上梓されまして、聞くところではもう二万部近く売れているそうです。アマゾンの歌集ランキングで一位になっている状況が続いていまして、今日は短歌を作るいわゆる歌人の方々と読者の方たちで一緒に歌集を読もうとこのつどいを企画しました。歌壇の慣習として、第一歌集を出しますと、その著者の属するグループ……短歌の世界では結社と言いますが、その結社の仲間などが中心になって、お祝いの会や批評会を開くのがつねです。十二月はじめに鳥居さんと話していて、鳥居さんは結社に属していませんので、その類のつどいを開いてもらっていないし、今後もなさそうなことがわかって、上梓から年をまたがないこの夕イミングで、みなさんの、きびしくもあたたかい歌集評を鳥居さんにお聞きいただいて、次の歌集に向けて歩み出すステップにしていただければ、と……このように歌人と読者がつどう会は歌壇ではあまり例がないんですが、鳥居さんらしい会になれば、というのがわたしたちの思いであります。

今日の進行ですが、はじめに、「『キリンの子』わたしはこう読んだ」と題して三名のパネリストに一時間五十分ほどお話いただき、その後、会場の方たち……自由にご発言いただいてもいいですし、司会のほうから指名させていただく場合もありますが、会場をまじえたトークセッションを三十分ほど行って、最後に鳥居さんからご挨拶いただく、と。チラシではそうご案内いたしましたが、東京あるいは福岡からわざわざご参加されている方もおられまして、熱い声も聞けそうですので、早めに会場発言に移ってもいいのかなと考えています。

早速、パネルディスカッションに移ります。パネリストのご紹介を簡単にさせていただきますが、向かって右から、「未来」という大きな結社の選者をしておられる大辻隆弘《おおつじたかひろ》さん。松阪からおいでいただきました。まんなかが水原紫苑《みずはらしおん》さん。今日は帰省ラッシュでチケットがとりづらいなか、新幹線で駆けつけてくださいました。そして、吉川宏志《よしかわひろし》さん。京都にお住まいで、「塔」という大きな結社を率いておられます。吉川さんには司会を兼ねていただきますので、よろしくお願いします。

吉川　こんにちは。吉川と申します。今日は年末のお忙しい時にお集まりくださいまして、どうもありがとうございます。わたしは鳥居さんの歌集の解説を書いたりしまして、『キリンの子』という歌集ができあがるまで、何度も繰り返し読みました。自分がどう読んだかもあとでお話ししますけども、すごくいい歌集でね、本当にもう興奮して、この歌集がどう読まれるんだろうと思ってですね、去年のちょうど今頃は本人と同じくらいに期待して、歌集が出るのをたのしみに待っていたのを思い出します。

幸い、たくさんの人に読まれて、二万部ですか、すごい数字ですね。歌集としては異例と言っていいほど多くの方に読まれているんですけども、みなさんがこの歌集をどう読んでいるのか、パネリストのみなさんとそれから会場の方からもいろいろと意見をお聞きしたいなぁと思っています。早速ですが、大辻さん、水原さんの順に、この歌集をどう読んだか、十分ぐらいずつ話してもらおうと思いますので、よろしくお願いします。

モノがリアルに立ち上がる

大辻　大辻と申します。よろしくお願いいします。鳥居さんとの出会いというか、初めてぼくが鳥居さんを読んだのがいつやったかと言うと、比較的遅いんです。中日新聞の夕刊で鳥居さんのことがドキュメンタリーでずっと書かれていて、それが最終的に『セーラー服の歌人　鳥居』という本になるわけですが、ぼく、新聞は中日新聞なんですけど、夕刊をとってませんもんで（笑）、全然知らんかったんですね。

鳥居さんの名前は、歌集『キリンの子』が出る直前ぐらいに、岡井隆というわたしの先生から、大阪大学で行われたオープンキャンパスで鳥居さんというセーラー服着た女性がおっておもしろい歌を作る、と聞いたのがおそらく最初ですね。その後、ぼくが鳥居さんの作品と出会ったのはこの歌集が最初なんです。しかも、第一刷ではなく第二刷ですから、歌集が出てしばらくたってからでした。ですから、少女時代の大変な体験とか、鳥居さんのプライベートなことはまずほとんど知らない。実際、今でも『セーラー服の歌人　鳥居』ってドキュメンタリーの本は読んでませんので、あまり詳しいことを知らない。つまり、そういう意味では、作品とじかに出会った。それがかえってよかったと思うんですね。へんな先入観なしに作品を読めたということはぼくにとってはよかったと思います。

読後の印象をひとことで言うと、すぐれた資質をもつ歌人だなぁというのが第一印象ですね。読む前は嫌やったんですよ、この本(『セーラー服の歌人　鳥居』)の表紙も、なんかね(笑)。セーラー服を着て赤い傘さして歩いている女の子の写真を使うような歌集の売り方が嫌で、ちょっと違和感があったんですけど、歌集『キリンの子』を読んどるうちにどんどん引き込まれた。作品そのものに引き込まれたというのが本音の部分でした。

どんなところに惹かれたかというと、モノの見方が確かなんですね。モノの見方が非常に確かだと思います。もう歌に入っていいですか?

吉川　どうぞ。

大辻　では、資料の大辻隆弘選というところを見てください。地味な歌ばかりかもしれませんけど、例えば、

孤児たちの墓場近くに建っていた魚のすり身加工工場

こういう歌がある。孤児たちが埋められているお墓があるわけでしょう。わたしは三重県におりますので、この「魚のすり身加工工場」もおそらくここかな、と思う場所があったりするんですけど、まわりには何があるんでしょう、山があり川があり農村風景がひろがっているかもわからない。でも、孤児たちの墓の近くに建っているもののなかで、作者

は何を選んでくるかというと、「魚のすり身加工工場」なんですね。さまざまな建物や風景があるなかで、「魚のすり身加工工場」をすっと選んでくる。これはすごいセンスだな、と思ったんですね。

あまり深読みをすると、歌がおもしろくなくなるかもしれないんですけど、魚のすり身って怖いじゃないですか。まだ魚の形をしている魚をすり身にして、はんぺんとか板ものにするんですよね。そういうところである「魚のすり身加工工場」が目に入る、それをぐっと捉えているところがリアルで、質感がある。ぼくたちがそれを読むときに、その背後に「魚のすり身加工工場」がもつちょっとした痛ましさみたいなものがふっと浮かび上がってくるよね。そこらへんの選択、モノの出し方が非常にうまい人だなぁというのが第一印象でした。

二首目の歌も読んでみますね。全部はやりませんから、安心してください（笑）。

剥き出しの生肉のまま這う我を蛇のようだと笑う者おり

鳥居さんには、壮絶ないじめ体験があって、裸になって踊れとかのたうちまわれとか言われたらしいんですけど、この歌は「剥き出しの生肉のまま這う我」という表現が非常におもしろい。不思議な感じがするんですね。自分のことを「剥き出しの生肉」だと捉えるわけですよ。その瞬間は、机の下とか床とかに這いつくばっとるわけですから、自分の感覚に即して、「悔しい」とか「悲しい」とか「屈辱的だ」とかそういう心情を歌う、それが普通の歌い方だと思うんですけど、自分が床を這いずりまわる姿を、まるで第三者の眼から見ているように、わたしは今、「剥き出しの生肉」なんだと見るんですね。この視点の突き放し方は普通ではなかなかできないと思うんですね。

簡単な言い方をすると、自分を客観視するような視点があって、いじめられとる自分をもう一人の自分が見つめている感じがする。この「剥き出しの生肉のまま這う我」という表現はなかなかすごいなぁと思いましたね。

次にとりあげるのもさりげない歌ですが、おもしろい歌です。四首目を見てください。

歌集『キリンの子』より　大辻隆弘　選

孤児たちの墓場近くに建っていた魚のすり身加工工場

剥き出しの生肉のまま這う我を蛇のようだと笑う者おり

もう誰も知らない母の少女期をみどりの蚊帳で包めり昭和

新しいものを前へと移すときミョウガは46パックある

橋くぐるときに流れはかがやきをふいに手放す　茜の時間

叱られたあとのやさしさ茹で汁を排水口へ押しやりながら

夜の海に君の重みを手放せば陶器のように沈みゆく音

ご遺族に会わないように大雪を選んで向かう友だちの墓

噴水が止まれば水は空中に水の象《かたち》を脱ぎ捨てて散る

アルフォンス・ミュシャの花環を置くように別れを告げて夜を帰り来ぬ

快速で越す橋の下いくつもの戦火映してきた水面あり

新しいものを前へと移すときミョウガは46パックある

八百屋さんだかスーパーで働いてたんかな。その体験がもとになっとる野菜シリーズの歌は全部いいなぁと思いながら読んだんですけど、この歌はなかなかいい歌で、売れ残った古いミョウガを棚のうしろのほうへやって、新しい買ってもらえそうなミョウガを前に出すんでしょうね。パッと棚を見たときにはミョウガの全体像しか見えないし、一つひとつのパックの様子なんかわからないけど、店主に言われて新しいものを前に置く、そういう動作によって、ミョウガのパックの一つひとつが目に入ってくる感じ。あぁ、ミョウガって46パックあるんだな、と今までは全体像として見えていたミョウガが一つひとつのパックであって、全部で46のパックというふうに見えてくる。人間の意識の流れには、そういう認識がすごくリアルにクリアに立ち上がってくる瞬間があるんですね。この歌は地味な歌ですけど、そういう自分の認識が変わっていく過程を歌にしていて、すごく手ざわりがある。うまいなぁと思って読んだんですね。

今選んだ歌は、どれも地味な歌で、あまりみなさんがお好きな歌ではないかもしれませんが、どの歌も一首からモノが立ち上がってくるんですね。

言葉の質感に対するセンス

大辻　もう一首読んでみましょう。これも地味な歌ですけど、六首目です。

叱られたあとのやさしさ茹で汁を排水口へ押しやりながら

「叱られたあとのやさしさ」、どんなんかなぁ、ちょっと抽象的でわかりにくいですけど、怒られて、その後でやさしい言葉をかけたれたんでしょうか。「やさし」には「恥ずかしい」という意味もありますから、叱られて忸怩《じくじ》たる思い、恥ずかしい思いを抱いとるというふうにもとれますね。上の句は抽象的ですけども、下の句にもってくる動作の描写の的確さはすばらしい。ゆで汁を排水口へ押しやる、というんですね。ぼくらもよくやるように、シンクになにか流して、なかなか流れないので、スポンジでこう押しやって排水口へ流すわけですけど、あの動作をふっと入れてくる。これはなかなかうまいというか、プロっぽいと思うんですよ（笑）。自分の叱られた後の心情、ちょっとした屈辱感とか、自分を慰める気持ちとかを、「悔しい」とか「悲しい」とか「恥ずかしい」とかいうんじゃなくて、自分の動作で表現している。特に「押しや」るという動詞の選択ですね。プロっぽいと思った。こういう表現がサッ、サッ、とできるのはぼくが非常に感心したところでしたね。

吉川　「押しやりながら」ね。これはぼくもハッとしましたね。こういう表現ができる。

大辻　もう一首あげますね。友達のお墓参りに行く歌ですが、

ご遺族に会わないように大雪を選んで向かう友だちの墓

友達が電車に飛びこんで自殺するという非常にショッキングな一連なんですが、その最後のほうにこの歌があるんですね。大雪の日を選んで友達の墓に行くというんです。亡くなったその友達のお父さんやお母さんに会わないように、ひっそりとそこへ行くというわけですけど、これを読んだときね、「ご遺族」というこの言葉の選択がすごいなあ、と思いました。「ご遺族」という言葉のチョイスが非常にズキンとくるんで

すね。友達のお父さんやお母さんでしょう。ふつうなら「おじさん」とか「おばさん」って言うでしょう。でも、友達が亡くなった瞬間に、それは友達の家族ではなくて遺族になる。しかも、それは「御」をつけた「ご遺族」なんですよね。友達が死ぬことによって、友達のお父さんやお母さんが急に「ご遺族」になる。敬いの対象となる。つまり、友達の死をきっかけにして、友達のお父さんやお母さんが「ご遺族」というちょっとちがうステージに上がっちゃう感じ。

実は「ご遺族」というような敬語を短歌のなかに入れるのはなかなかむずかしいんです。短歌には普通、敬語は入れません。本人はどこまで意識的に入れたかわからないですけど、この「ご遺族」という言葉の生々しさかな。こういうところに、言葉の質感に対するセンスを感じるんですね。

今選んだのはあまり修辞的《しゅうじてき》ではなくて、むしろダイレクトに見ているものをどう捉えるかにポイントがある歌です。そういう歌を五首あげましたが、まず鳥居さんの歌はその切れ味のよさがある。リアリズム、あるいは写生と言ってもいいでしょうが、目の前の現実の雑多なものから何を抜き出してくるか、そのチョイスにはセンスがいるんですよ。センスがいる。そのセンスが抜群にいいな、と思ったんですね。それが鳥居さんのいいところのまず第一点かな、と思います。

その後、鳥居さんは、それに加えて、より短歌的な修辞を習得していく。レジュメの後半には、修辞に凝《こ》ったいい歌を選んできたのですが、それについては時間があればまた言おうと思います。まずはリアリズムの作家としての鳥居さんの眼のよさ、言葉の選択のよさ、モノの活かし方のうまさ、そういうところを指摘しておこうと思います。

吉川　ありがとうございます。では、続けて、水原さん、お願いします。

死を受容している静けさ

水原　水原紫苑です。こんにちは。わたしは大辻さんとちがう観点でお話ししてみたいと思います。

今、リアリズムという言葉が出たんですけども……この歌集はたしかに普通に読むと、近代以来の〈私性《わたくしせい》〉の文脈で書いているように読まれると思うんですけど、でも、〈私〉を超えた透徹した時空というものがここにはあるな、と思って、その透徹した感じが、歌のなんとも言えない静けさとして表れていると思うんですね。

たしかに、歌われている現実は非常にショッキングなんですけれども、それが濾過《ろか》されたように、上澄みじゃないですけども、とてもこう静謐《せいひつ》なものになっている。例えばよく引かれるこの歌ですが、

くちあけてごはんいれてものみこまず死を知らぬ子は死にゆくひとに

この「死を知らぬ子は死にゆくひとに」という下の句の静けさ。わた

し、この静けさは何だろうと思ったんですね。

これはやっぱり死を受け容れるということ……この人はものすごくたくさんの死に出会ってきて、その一番大きなものはお母さんの死であり、友達の自死にも会っている。本人の自死の行為もあったわけですよね。そのなかで、吉川さんも解説に書かれてますけれども、死というものを非常に冷徹にね、冷静な眼で対象化している。対象化することによって、死を自分に引き受けて、受容していると思うんですね。死の受容がこの静けさであり、なんとも言えない透徹した時空と結びつくんじゃないかというふうに思いました。

歌集『キリンの子』より

水原紫苑　選

くちあけてごはんいれてものみこまず死を知らぬ子は死にゆくひとに

目を伏せて空へのびゆくキリンの子　月の光はかあさんのいろ

孤児院にサンタクロースの服を着た市長あらわれ菓子をばらまく

思い出の家壊される夏の日は時間が止まり何も聞こえぬ

祖母のこと語らぬ母が一人ずつ雛人形を飾る昼すぎ

母は今　雪のひとひら地に落ちて人に踏まれるまでを見ており

永遠がしずかに膝を抱いている絵本の棚の小さなすきま

銃声は空にひびきて戦死者の数だけさくらさくら散り初む

夕闇に触れた順からつぎつぎと人格をもちはじめる樹たち

一日の終わりの青に圧されつつ山際にとどこおる夕焼け

ですから、レジュメの二首目にあげた、

目を伏せて空へのびゆくキリンの子　月の光はかあさんのいろ

これなんか、とても童話的な美しい歌ですよね。でも、甘いだけじゃなくて死をくぐり抜けた「かあさんのいろ」だというのが効いている。死を受容しているこの人の力というのがあるんだろうな、というふうに思います。

思い出の家壊される夏の日は時間が止まり何も聞こえぬ

この歌もそうですよね。死んだお母さんと暮らしていた家が壊される。死をくぐりぬけて、そこで時間が止まり、無音の状態になるわけですよね。その世界を自分がしっかりと抱きとめているということだと思うんです。

韻律に呼ばれている人

水原　歌集の後半のほうの歌になってくると、鳥居さん独特の、非常に射程の大きい静かな韻律《いんりつ》で、現実以上のものを描いているというような歌が増えてきます。私が選んだ歌のうち五首くらいがそういう歌です。

母は今　雪のひとひら地に落ちて人に踏まれるまでを見ており

お母さんが今……「今」で一字空けて切れてますけども、お母さんが雪のひとひらになって帰って来ているわけですよね。空から降ってきて、人に踏まれるまでをジッと見ている。母が雪になって帰ってきても、踏まれて、また死ぬまでを眺めている。その静かな眼差し。ここにも死の受容というものがあると思うし、韻律のなんとも言えない平明な静けさ……吉川さんも書かれているように、だんだんに韻律が整ってくるわけなんですけれども、この韻律感の確かさというものに、韻律に呼ばれている人だな、というふうに思います。

その隣の歌もわたしはとても好きな歌です。

永遠がしずかに膝を抱いている絵本の棚の小さなすきま

「絵本の棚の小さなすきま」……よく見る光景ですよね、図書館かもしれないですけど、そこに「永遠がしずかに膝を抱いている」。これはリアリズムを突き抜けた、そして〈私性〉も突き抜けた時空に出ていると思います。

銃声は空にひびきて戦死者の数だけさくらさくら散り初む

戦争の歌もずいぶんあるんですが、これはなにか近未来を予測するような、とても怖い歌ですね。戦争で死んだ人の数だけ桜の花が散るという桜というものの苛烈な運命を見据えている、その静かな眼差しの冷徹さ、そこにもわたしはやはり同じものを見ます。

夕闇に触れた順からつぎつぎと人格をもちはじめる樹たち
一日の終わりの青に圧されつつ山際にとどこおる夕焼け

「山際にとどこおる夕焼け」の格調は古典和歌のような感じですが、こういう風景の捉え方ですね。樹が人格を持ち始めるとか……。死を受容することによって、事物の本質みたいなもの、事物の内容の深いところまで目が届く、見えるもののその奥まで目が届くというところがこの人の特質だろうと思います。『キリンの子』の最初のほうの歌はたしかにきびしい現実から詠まれていますけれども、そうじゃないこういう風景の歌などでも鳥居さんでなければできない歌というのがあって、こういうのがこれからどんどん展開されていくといいなぁと思います。とりあえず以上です。

私小説でもドキュメンタリーでもない

吉川　はい、どうもありがとうございました。ぼくの引いた歌に移っていいのかな。ぼくは歌集が出る前から、わりと歌を読ませてもらっていたんですね。電子メールでね、たまにすごい量を送ってくるんですよ、何百首とか（笑）。作ったから見てくれ、と言ってくるんですね。その最初ぐらいかな、

病室は豆腐のような静けさで割れない窓が一つだけある

この歌があって、オッと思いましたね。この一首を見て、この人はな

にかちょっとちがうなぁという感じがあった。病室が白くて四角いという感じはたしかにあるでしょうけども、それを豆腐のようだと言って、「割れない窓が一つだけある」と言う。患者が外に出られないようにしているのでしょうね。現実をそのまま歌っているんだと思うんですけども、浮遊感があるというか、水原さんがおっしゃったのと近いんですが、どこか時空を離れている感じがあって、そういうところにまず最初に惹かれたんですね。

ぼくが引いた二首目も、びっくりして読んだ歌でした。

冷房をいちばん強くかけ母の体はすでに死体へ移る

歌集『キリンの子』より

吉川宏志　選

病室は豆腐のような静けさで割れない窓が一つだけある

冷房をいちばん強くかけ母の体はすでに死体へ移る

爪のないゆびを庇って耐える夜「私に眠りを、絵本の夢を」

店頭に並ぶ切り身の魚らはドラキュラマットに血を吸われつつ

お月さますこし食べたという母と三日月の夜の坂みちのぼる

壊されてから知る　私を抱く母をしずかに家が抱いていたこと

照らされていない青空ここに居る人たちはみな「夜」って呼ぶの

友達の破片が線路に落ちていて私とおなじ紺の制服

昼顔の一輪ごとに閉じてゆく少年兵が見る母のゆめ

けいさつをたたいてたいほしてもらいろうやの中で生活をする

※『セーラー服の歌人　鳥居』所収

お母さんが自殺したときの歌ですが、「母の体はすでに死体へ移る」というこの表現にはゾッとしましたね。さっき大辻さんが「ご遺族」について言われたのと近いんだけど、死んだ瞬間から、体が死体へ変わっていく。それをこういうふうに表現した……。それもレトリックで作っているんじゃなくて、まっすぐに作っている感じがしますよね、そこにすごく衝撃を受けました。

解説にも書いたんですけども、こういう歌は時間的に言うと、回想なんですね。鳥居さんは年齢を明かしていませんが、たぶん十数年前の、自分が子ども時代に体験したことを、十数年後に書いている。そのときに何が起きているかと言うと、当時の〈私〉がいて、それを現在の〈私〉がもう一回タイムスリップして見ているんだと思うんですね。

さっき〈私性〉の話が出ましたが、一般的に考えられている〈私〉とはちょっとちがっていて、〈私〉が分裂して、過去の〈私〉の身体に入っていて再体験している。そういう構造なんですね。その基本構造が、リアリズムに見えるんだけども、どこかズレがあるというか、不思議な味わいを生み出している。

水原さんの言われた静けさも、たぶん自分が分裂して戻って行って再体験しているから、静かなんでしょうね。

そのあたりが単純なリアリズムではないんだと思う。私小説でもドキュメンタリーでもない、不思議な魅力がそこから生まれているんじゃないかと思いました。

童話的なものへの憧れ

吉川　次の三首目もそうですね。

爪のないゆびを庇って耐える夜　「私に眠りを、絵本の夢を」

これはいじめ体験の歌で、爪を剥がされちゃったんですね。上の句はストレートに歌ってるんですが、指と漢字で書かずに「ゆび」とひらがなで書いてますすね。こういうところは結構こまかくて、たぶん爪のない指の感じを出しているんだと思うんですけども。それがあって、下の句に「私に眠りを、絵本の夢を」と優しいフレーズが入ってくる。

こういうところは情感があって、「絵本の夢を」は響きもいいし、代表歌の「目を伏せて空へのびゆくキリンの子　月の光はかあさんのいろ」という童話的な歌につながっていくんですね。苛酷な経験をしながら童話的なものへの憧れというのかな、童話的なものによって救われたい部分があるんでしょう。

だから、「月の光はかあさんのいろ」という童話的な表現がすごく悲しく感じられるところがあるような気がしますね。

自分の体験をもう一回生き直す

吉川　四首目以降は地味な歌をあげているんですけども、

店頭に並ぶ切り身の魚らはドラキュラマットに血を吸われつつ

「ドラキュラマット」ってぼくは知らなかったんだけど、魚を売るパックに敷いてある…。

水原　白いの。

吉川　そうそう、あれを「ドラキュラマット」というらしくて、この歌なんかは「ドラキュラマット」という言葉だけで作ってる歌なんだけど、こういうのも大事なんだと思うんですね。言葉を知るとそれだけ世界が大きくなる。「ドラキュラマット」という言葉を知ることによって自分の体験がひろがる。スーパーの仕事で体験したことが一首のなかでうまく固定される。

鳥居さんの歌は、言葉をつねに見つけてくるというのかな。単に自分の経験を歌っているというだけじゃなくて、言葉を知ることによって、自分の経験を再体験している。そこが大きいんだと思いますね。

たぶんこの歌も実体験からは時間が経って作っているんですよね。実体験をもう一回思い出しながら作っているんだけど、「ドラキュラマット」という言葉は後から知ったのかもしれませんね。言葉を知ることによって、自分の経験が別のかたちで見えてくることがある。それはすごく大事なことで、後から言葉にすることによって、自分の体験をもう一回生き直せる、価値づけられるということでもある。五首目ですが、

お月さますこし食べたという母と三日月の夜の坂みちのぼる

いい歌ですね。三日月を見て、欠けているところはお母さんが少し食べたんだよ、とお母さんが言ったんですね。子どもの頃にお母さんが言ったことを思い出しているんだと思いますけども、母親との関係が自然に歌われていて、こういうやさしいお母さんだから、子どもを後に残して自殺してしまったことが受け容れられない。なぜ自分の母親が自殺してしまったのか、どうしてもわからないんですね。それが記憶を何度

も繰り返し歌っている原点にあるのかな、というふうに思います。

繰り返しになりますけども、言葉によって、言葉のなかった頃の自分に戻っている。時間を超えているところがあるんですね。そこがこの歌集のユニークですごいところだとぼくは思っています。

前半のまとめとしてはそういうことになりますが、大辻さんと水原さんは対照的な選び方をされていて、興味深かったですね。

記憶のふるいの浄化作用によるリアリズム

大辻　吉川さんの言われたことをなるほどって思って聞いてましたけ

ど、そうですね、前半のドキュメンタリータッチの歌は、自分の体験した過去を思い出して作っとるわけやなぁ。それはなかなか面白い作歌方法だと思います。

斎藤茂吉《さいとうもきち》という近代の歌人がいます。彼は手帳を見て歌作ったんですけども、すごく昔の手帳を見て、その時点に立ち返ったつもりで歌を作るんですね。例えば大正時代にドイツに行っとったときの手帳が残してあって、二十年後の昭和十五年に、それを見ながら、いかにもそのとき行っとるかのように歌を作るんです。斎藤茂吉の歌の作り方っていうのはそうなんですね。ぼくらが茂吉の歌を読んで、ドイツに行ったときの様子を、なるほどと思ったりね、関東大震災の時の衝撃はこんなんだったんだとか思いますけど、あれは全部、手帳を見て、記憶を再構成して、いかにも自分がそこにいるかのように作ったものなわけですね。

それはなかなかおもしろいやり方です。記憶というものは不思議なもので、余計なものとか、自分にとって重要じゃないことは、時間の流れのなかでどんどん消去されてしまう。記憶の底に眠っているなかで、自分にとって一番、必然性のあるものだけが、心の中に残ってゆく。時間が「ふるい」になって大切なものだけが輝きだすわけです。鳥居さんの歌というのは、それと似たところがあるのかもしれない。例えば魚のすり身工場の歌でも、ほかの余計な風景の記憶は消えて、すり身工場があったよ、ということだけが、鳥居さんの十年後二十年後の心に残っている。歌を作ろうとするとき、それがふっと浮かびあがるわけですね。

それがなぜ残っとるかを考えると、すり身工場の匂いとか、特有の腐臭とかね、ちょっとしたなまなまとした感じとかぐちゃぐちゃとした感じとか、そういうイメージがどこか自分の本質的なところと通じあっていたからです。それが残る必然性がどこかにあった。それだけが十数年後に残っとるということなわけですよ。それは、鳥居さんの心の事実としてある。だから、ぼくらが読むと、それがすごくリアルで、必然性もっとるかのように見えるという、そういう基本構造があるのかなと思いましたね。

ぼくが二首目にあげた「剥き出しの生肉」というのも、そう考えると、なるほどよくわかってくる。そのときの屈辱感とか、悔しさとか、情けなさ、ではなくて、自分の心の奥に、そのトラウマみたいな経験がずっと痛みとして響き続けていて、そのなかに立ちあがってくる自分の姿だけが心象風景としてまざまざと記憶されている。まっ白な体をした、まっ裸の、むき出しの生肉のような自分の体のイメージだけが必然性をもった記憶として残っている。そういうところを歌に書いているんだろうなと思うんですね。

こういう記憶に頼る作歌法というのは、普通はどっちかというと甘くなっちゃうんですよ、記憶で作ると。いかにもこう、とってつけたようで、なんて言うんかな、予定調和的なものになっちゃう。

でも、鳥居さんの場合は、それが予定調和で終わらずに、なまなましたところだけが記憶のなかでクローズアップされている。それがふっと歌に現れてしまう。記憶の「ふるい」の浄化作用による記憶のリアリズムとでも言えばええんかな、そういう感じがするんですよね。うん、そこがおもしろいところかなと思いますね。

水原さんの歌の読み方でちょっとちがうなと思ったところがありま す。それは「母は今　雪のひとひら地に落ちて人に踏まれるまでを見て おり」という歌の読みですけど、お母さんが雪のひとひらになったとは、 ぼくは読まないですね。作者は「お母さんは今、どうしてるだろう。亡 くなっとるんだけど、今どんな気持ちでおるだろう」って思っている。 この一字空けで〝と思っていたら〟ということを表現して、そして、雪 のひとひらが地に落ちて、人に踏まれるまで、わたしはその雪を見てい たよ、ということでしょう。もちろん、水原さんが言ったように、最終 的には「お母さんが雪になった」って読めるかもわからんけど、この一 字空けでふっとした意識の途切れのようなものを作者は表したかったのではないかな。「お母さんは今どうしているだろう」って思っていた瞬間に、ふっと降る雪が目にとまって、それをずっと見続けていたという、そういう意識の流れみたいなものを、ぼくは感じるし、そう読みたいな、と思うんですね。

この歌もそうなんだけれど、ひとことで言えば、予定調和的でないところが、この歌集の前半の一番おもしろいところかな、と思います。なぜそこを切り取ったかという、必然性はたぶんどこかにあるんだけど、それが予定調和に見えないところがすごく印象深かったですね。

吉川　水原さん、さっき言われた時間の問題、死に対して、時間を超えて見ているというあたり、もう少し補足していただければ。

水原　この歌集を読んで、死を受容する静けさということを思ったんですけども、ただ、吉川さんの話を聞いてやっぱり、お母さんの死というものが、受容されていないのかなと思って……。

「雪のひとひら」については、大辻さんの読みのほうが正しいかもしれませんね。わたしはこれ、自分の感覚にひきつけて読んでしまったんで、「母は今」の後の一字空けは、尊重するべきですよね。ただ、この歌は、絶えることのない対象化によって、お母さんの死を受容しようとしていると思うんですよね。それが歌を作る動機になっていると思います。

ゼロから出発して死の手前まで行く

吉川　お母さんが睡眠薬で自殺するんですね、その同じ薬を、自分は生きるために飲んでいるという歌があって、この歌はすごく感動して読んだ記憶があるんです。

　母の死で薬を知ったしかし今生き抜くために同じ薬のむ

死を受容しながらも、受け止め方がわからないというか、それはあるんだろうな。水原さんが一首目にあげた歌の「死を知らぬ子は死にゆくひとに」というこのあたりもすごくリアルですもんね。自分は死を知らないけども、その自分が死んだお母さんの口の中にごはんを入れている。そのあたり、もうちょっと話していただけませんか。

水原　つまり、なんていうんでしょうかね、死というものに人間は近づけないから、つねに近似値でしかないですよね。死とはこういうものではないかっていうふうに感じることはできるけれども、本当に行きつくことはできないわけで、でも、鳥居さんの場合は、そのぎりぎりのところまで、毎回毎回、ゼロから出発して、死のところまでたどり着こうとする。毎回毎回、お母さんのところに行こうとしてる感じがするんですね。

だから、この人の歌は、なんというのかな、出来合いのものに絶対ならない、そういう強さをもっていると思います。それが大辻さんのおっしゃった予定調和じゃないってことだと思うんですけど。

だから、「くちあけてごはんいれてものみこまず」の、非常にリアルな描写がある。それが、下の句によって、ほんとにこう、浄化されてますよね。死を知らない子どもが、死にゆく人の口にごはんを入れたこと、その行為、その自分を見つめる自分もいて、その悲しみが一首をほんとに美しくしている。そう思います。

吉川　そうですね、死の近似値ですね。死を歌うために、ぎりぎりのところまで近づいていく。それがずっとこの歌集に流れているテーマでもあると思うんですよね。

目覚めれば無数の髪が床を埋め銀のハサミが傍らにある

無意識のうちに髪を切ってしまうとか、言葉を生み出すために、リアルな自分もそのたびに死の直前まで行ってしまう。そこがある種の迫力になっているというのはありますね。巻頭の一連は、

入水後に助けてくれた人たちは「寒い」と話す　夜の浜辺で

とか、自殺未遂のときの歌が続きますね。この歌はストレートに歌われてますけども、それに近いような歌はいくつもあって、不思議な迫力を

生み出しています。大辻さんそのあたりどうですかね。

エピソード主体ではない

大辻 「助けてくれた人たちは「寒い」と話す 夜の浜辺で」ということの言い方がすごく冷ややかで、でも、リアルなんですよね。うん。例えばこの同じシーンをドラマ仕立てにしたら、助けてくれた人が「大丈夫か」って言ってくれたり、蘇生術を施してくれて、息を吹き返したら「強く生きろよ!」って励ましてくれたりね、そういうことになっちゃうじゃん(笑)。でも、そういうふっと意識がめざめる瞬間に、「寒いな」「寒いな」という声が最初に聞こえてくるという……。その人たちも、なんていうの、ヒューマニズムでやっとるわけじゃないですよね、たぶん救助活動で職務として助けたと思うんですけど、その人たちが自分の寒さのことを口々に言っていた。なんちゅうんかな、抽象的じゃなくて、さっき吉川さんが言われたけど、すごく冷静でリアル。自分がどこか遠いところにいて、その遠いところから、その現場のリアルさを感じている。そんな感じがする。そこが不思議な歌だな、と思いながら読みました。

「寒い」がリアルだと思いますね。頭のなかでぼくたちがドラマチックに作ろうとしても、このフレーズはなかなか出てこないと思います。うん。すごくリアルな感じがする。

吉川　鳥居さんの歌って、どうしてもこう、ドラマ的に読まれる傾向があるじゃないですか。もちろん、大きな出来事が目立つことは確かなのですが、その面だけで読まれてしまうのは、ちょっとちがうんじゃないかという気はする。水原さん、どうですか、そのあたり。

水原　そうですね、若い歌人たちの間で、鳥居さんの歌はエピソード主体だっていう批判があるんですけど、わたしはそうじゃないと思って……。この「「寒い」と話す　夜の浜辺で」もそうですけど、さっきからお二人もおっしゃっているように、自分を見つめるもう一人の自分がいますよね。世阿弥《ぜあみ》なんか持ちだすとちょっと話が飛びますけども、「離見《りけん》の見《けん》」といって、舞台で舞っている自分の姿を、もう一人の自分が見ているって世阿弥は言うんですよね。それが芸の、最高に達した境地だということですが、なんかこの人は、そういう感覚を天性でもっているという気がします。あるいは天性ではなくて、経験によって身につけたのかもしれないけど、とにかくそういうものをもっている人だと思うんですよね。

だから、短歌もエピソードじゃないし、入水後に助けてくれた人たちが「寒い」と話す、この寒さは、実際に浜辺が寒かったんだろうけども、もうちょっと言っちゃえば、人間存在のほんとの寒さみたいなものにまで通底しちゃうような、深さがありますよね。そういうものを、言葉のなかから選びとってくる天性の感覚みたいなもの、そういうのがね、すごいなと思います。

吉川　水原さんがあげている歌で、さっきふれられなかったけど、

孤児院にサンタクロースの服を着た市長あらわれ菓子をばらまく

この歌はどう読まれましたか。

水原　わたし、こういう辛辣《しんらつ》な視線もおもしろいなと思って。こういう歌もいくつかありますよね。「サンタクロース」と「市長」っていうこの選び方が、日本の情景じゃない、なんかこう、ヨーロッパかどこかみたいに思えて、その距離感がおもしろいなと思いましたね。

吉川　この歌は、「ばらまく」がわりと効いてるんですよね。「ばらまく」でいかにもなんか、偽善っぽい感じが出てますよね。

水原　たしかにね、「ばらまく」はそうですね。だから、型どおりって言えば型どおりの歌なんですけども、でも、この構図自体が非常に安定していて、やっぱり遠くから見ている歌だな、というのが、おもしろいと思いました。

吉川　ちょっと話題を変えますが、その一方で、昭和の歌、あるいは祖母の歌がけっこうありますよね。

祖母のこと語らぬ母が一人ずつ雛人形を飾る昼すぎ

もう誰も知らない母の少女期をみどりの蚊帳で包めり昭和

これらは同じ一連に並んでいて、一首目は水原さん、二首目は大辻さんがあげてますけども、このあたりの歌は古い日本の家屋の感じが伝わってきますね。

前衛短歌の修辞を消化している

大辻　蚊帳の歌は、修辞にめざめつつある歌だと思いますね。短歌をいろいろ勉強してくると、あるときわかる瞬間があるんですよね。「あぁ、こういうふうに短歌は言葉で世界をつくれるんだ」とか。修辞を獲得していく喜びを自覚する瞬間があって、その瞬間がこの歌集ではドキュメンタリーのように記録されている。この歌なんかそうだと思うのです。

上句の「もう誰も知らない母の少女期」はなかなか上手な言い回しで、

お母さんのお母さんやお父さん、作者から見れば祖母とか祖父とか、そういったお母さんの肉親たちがみんな死に絶えて、お母さんの少女期を知っている人はもう誰もいないってことですよね。この歌が修辞的だというのは、つまり、この「もう誰も知らない母の少女期」で二代前の一族、あるいは血縁関係の人がみんな亡くなった、死に絶えたというのがわかりますよね。たぶんそこには豊かな昭和があったんだろうと思うんですけど、それをきちんと言っているところがいい。さらに、鳥居さんは下句で「みどりの蚊帳で包めり昭和」という。これがなかなかいい。この部分、主語は「昭和」ですよね。

吉川　そうですね。

大辻　つまり、この歌は「昭和という時代が、みどりの蚊帳でもって、母の少女期をやさしく包んでいる」ということを言っているわけです。これ、なかなか高度なレトリックだとおもいます。包むものがやわらかい、ちょっと神秘的な蚊帳だという選択もなかなかだと思うんですね。ぼくなんかが蚊帳を知っとる最後の世代でしょう。蚊帳を吊る家があって、それがふるさとで母が過ごした時間の象徴として母の少女期を包んでいる。イメージのつくり方がうまい。

つまりこの歌は、いわゆる前衛短歌以後の、比喩とかの修辞を消化したうえで、しかもそれを実感に結び付けている歌なんですね。「達者」という言葉がええかどうかわからんけど、はじめから達者ですよね。前半のI部も達者だなと思って、ぼくは読みましたけどね。

吉川　古い時間の歌、懐かしいような歌もけっこう多いですよね。このあたりが若い世代ではめずらしいかなと思ったんですけど、どうですか、水原さん。

水原　そうですね、蚊帳の歌は、うまさがあんまり前面に出ているのが好きじゃないなと思って……わたしは自分の選んだ歌のほうが好きですね（笑）。

「祖母のこと語らぬ母が」というのは、微妙に何かこう、肉親の確執のようなものを感じさせますよね。「一人ずつ雛人形を飾る」って、お母さん一人なんだから、当たり前なんですけれども……雛人形は家族じゃないけど、一番上の段は夫婦ですよね、それを一人ずつ飾ると言うことで、家族が孤独な感じが出ている。何も言わないのにそれが静かに表されているところがこの歌、いいなって思いました。

大辻　あぁ、そうですね。

神経の異常に鋭敏な感じ

吉川　家の歌でね、ぼくがあげた六首目ですが、

壊されてから知る　私を抱く母をしずかに家が抱いていたこと

という歌がありますよね。これも気になる歌で、自分を抱いていた母を、さらに家が抱いていたんだって……箱の中の箱というか、そういう二重

構造がぼくはおもしろかった。家によって母が救われていたというか、生きられていたということに、家が壊された後に気づいた、と。理屈っぽいっちゃ理屈っぽいんだけど、すごくハッとした歌なんですよね。自分と母の関係も、壊れて初めて知ることができたのだ、ということが暗示されている。一方で、水原さんがあげた、

思い出の家壊される夏の日は時間が止まり何も聞こえぬ

この歌はわりと平凡かなって思ったんだけど（笑）。

水原　そうですか……普通っていえば普通かもしれないけど、何も聞こえなくて時間が止まってしまうって、よくこれ、解離性《かいりせい》の障がいなんか

で起きるようなことじゃないかなと思って。あまりにも痛切な経験があったときに、そこで時間が止まってしまう。そういう感覚がよく出ているなと思いました。

神経の、ある種、異常に鋭敏な感じっていうのは、私が引いた、

夕闇に触れた順からつぎつぎと人格をもちはじめる樹たち
一日の終わりの青に圧されつつ山際にとどこおる夕焼け

にも出てるんですけども、人間でない者に人格を見てしまったり、時間が止まって何も聞こえなくなったり、あまりにも苛烈な経験を生きてきたために、そういうことが起きていると思うんですけど、逆にそれが、

なんというか、作者には恩寵みたいなかたちになって、そのことによって深くものが見えるというふうになってるんだな、と思いました。

包みこむ故郷のイメージ

吉川　大辻さん、どう？

大辻　基本的にすごくつらい体験があるわけでしょう。ぼくは教師やから、学校でそういう子に接する機会があるんですけど、そういう子はやっぱり、自分を客観視するんですよ。それで耐える。自分が今つらいでしょ、すると、そういうところからふっと自分が離れて、そういう自分を、もう一人の自分が見ていることで救われることがある。だから、「思い出の家」の歌もそうだと思うし、この作者には、離人症的《りじんしょうてき》っていうんかな、そういう自分の痛みに耐えるための精神構造はあるんだろうな。ぼくは鳥居さんの個人的なこと知らないから、あまり作者自身に引きつけては言えないけど、たしかにその感覚はずっと通底していると思いますね。

そこは一ついえるかなと思うんだけど、そうしたなかで、おじいさんとおばあさんがいる、田舎があるじゃないですか。そこだけはなんかね、すごい幸せなんですよ。

吉川　そうそう。

大辻　なんとなくホワ～ンとすべてのものを包んどるイメージがあっ

て、そこだけがちょっとアジールな感じで、救われる場所になっている。そういう精神構造があるっていうのは、一冊通して読んで思いましたね。いろいろ葛藤があるし、肉親どうしでものすごくぶつかり合うんだけど、蚊帳とか家とかふるさとというものに、なんかこう、そこに行くと包まれている感じがあるっていうのがわかる。

吉川　故郷を故郷として歌っているというか、ストレートはストレート。

大辻　ストレートだよね。ある意味、古典的な。

吉川　啄木や牧水などに通じる故郷への憧憬《しょうけい》ですかね。そこが共感を呼ぶところではあるかもしれないですね。その故郷を喪失している今の若い人たちには逆に受け容れにくかったっていうのがあるかもしれない。

歌集の前半の「I」を中心に話してきましたが、ぼくのあげた歌で、

照らされていない青空ここに居る人たちはみな「夜」って呼ぶの

青空は夜も存在しているんだけども、照らされていないと、みんな「夜」って呼んでいる。だけども、自分はあれは青空なんだって見ている、と言うんですね。こういうメッセージ性の強い歌がときどきあるんですね。そこには少し、絶望だけではない感じがあって、どこかこう、ホッとする部分があるのかな。そういう歌がポツポツある、そこがいいなって思いました。

大辻　ぼくはその、「みな「夜」って呼ぶの」はホッとはせんですね。

ムッとしますね（笑）。「呼ぶの」って言うなって（笑）。この甘えたような「の」は、ぼくの語感から言うと嫌いやな。

自殺した友達の歌をめぐって

吉川　その次の歌ですが、

友達の破片が線路に落ちていて私とおなじ紺の制服

すごくドキッとした歌でしたね。「友達の破片」、これは自殺した友達なんだけども、「私とおなじ紺の制服」っていうのがね、死んだのは自分なんですよね。友達が自分と同じ制服を着ていて、自分が死んでいるようなものだと思うと同時に、それをこう、すごく冷静に見ていて、「友達の破片」って言う。なんかすごい怖さがありますよね。不思議な怖さがあって、その怖さがこの歌集の一つの魅力かなって思うんですけど、そのあたりはどうですか。

大辻　友達が電車に飛び込むところはやっぱりクライマックスじゃないですか。すごい衝撃を受けるし、あそこは一般の読者が読んだときに一番惹かれる山場なんだろうなと思うんですけど……。そうですね、なんというか、これは記憶のなかの一シーンなんだけど、修辞が臭うというか、ぼくはちょっと作っとるかなと思ったな。例えば同じ一連に、

硬い線路を脈打たせつつ配管をめぐらす鉄の車体近づく

という歌があるでしょ。この歌も一見、リアルですよ。でもね、電車の下ってあんまり配管ないと思う（笑）。だから、この歌がすごくリアルかというと、たぶんちがう。友達の死を実際に見たとは思うんですけど、その後に反芻するなかで、どこかちがうところで見た記憶が混入しているのではないかと思う。たぶん、鳥居さんは、ちがうところで、車体の裏側に管がいっぱいこう、ぐちゃぐちゃ入り組んでいるのをどこかで見た記憶があったんだと思うんです。歌を作るなかでそのイメージがふっと浮かんできた。つまり、この歌はリアルタイムの、その瞬間に見た映像じゃないかもしれないと思わせるところがある。

なんかね、「配管をめぐらす」は怖いでしょ。人間の内臓とか腸とか、そんなものともどこかでつながっとるじゃないですか。そういう意味で、修辞的には脈絡のある言葉の選択だとは思う。配管がぐちゃぐちゃしているイメージを持ち込んだのは、この人けっこう、効果をわかりながら作っているな、って思ってしまう。よくできているし、怖いし、すごくいい歌だとは思うけど、ちょっとだけそういう理が立つところがある感じがするんですよね。

この一連はすごくショッキングだけど、どうなんかな、これを自分の記憶のなかで反芻するっていうことは……もしぼくが同じ体験をしたとしたら、とてもじゃないけど、一生、蓋を開けたくないようなつらい記憶でしょう。だから、やっぱり、なんとなくね、「友達の破片」っていうのも、実感というより、言葉の上で演出している気がちょっとだけするんですよね。ちょっとだけね。

力がある一連やと思う、思うんやけど、なんなんかな。この一連は、なんか素直には読めなかった。ショッキングやってこともあるけど、うん。

吉川 ショッキングだからね……。

大辻 なぜさっきの「剥き出しの生肉」がリアルで、「友達の破片」は作っとると思うのか、自分でもよくわからないんだけど、ちょっとそんな感じがしたかな。

水原 同じ一連なんですけど、わたしはそのなかの、離人的な感覚の歌

に惹かれました。友達の亡くなった後の流れなんですけど、

真夜中の樹々は切り絵になりすましもう友のない我にやさしい

友達のいない自分になっちゃった。そうすると、風景にね、奥行きがなくなっちゃうというんですよね。真夜中の木々が切り絵のように、影絵みたいにですかね、そういうふうに見えてしまう。

あと、怖いのは、やはり同じ一連の歌ですが、

消しゴムを失くしたくらいの風穴を感じて歩く友の死のあと

友の死ってね、消しゴムを失くしたみたいだっていう、このね、ものすごく軽く捉えようとする、空虚な感じが怖いですよね。

だから、わたし、その「友達の破片」に関しても、これって、ある種の頭脳操作は働いているとは思うけど、でも、やっぱり、自然な感覚じゃないかなって思うんですけどね。「破片」ってこと自体も。一つの部分になってしまったということですよね。生命体の全体じゃなくて、友達なんだけれども、友達の、なんていうか、かけらでしかなくて、もうほんとの友達じゃないんだっていう、すごくこう、自分が見捨てられたような感覚ですね。

やっぱり、わたし、この怖さはほんとのものじゃないかなと。配管はちょっとわからないですけどね。

吉川　圧倒されちゃうんだよね。読む側はそれをどう言えばいいかわからないところがあって、批評するむずかしさがあるんでしょうね。第Ⅰ部を中心に読んできましたが、ほかに何かありますか。

第Ⅰ部と第Ⅱ部の断絶はない

大辻　この歌集は、現代歌人集会という団体の新人賞の選考会で、ほんとにあと一歩で賞をとれるところまで争って、ぼくは迷いながらも推していて、最後の最後で押し切れなかったんですが、そのときこの歌集について論評するなかで、やっぱり第Ⅰ部と第Ⅱ部の断絶というのは弱点として指摘されたんですね。第Ⅱ部で、歌がすごく修辞的になってくる、と。

でもね、よく読むと、修辞的な歌は第Ⅰ部からある。それは、鳥居さんが、本質的に修辞に対する親和性をもっとる作者だからじゃないかなと思うんですよね。例えば第Ⅰ部に、

橋くぐるときに流れはかがやきをふいに手放す　茜の時間

という歌があるんですね。よく情景を見ている歌で、夕焼けになってくると川が茜色に染まるでしょう。ところが、橋があると、橋の渡るところ、橋脚が水に映りますよね、そこが影になる。ずっと流れてきた、茜

色の輝きを伴った川が、その橋脚の影でふっと輝きを手放すんだっていう歌ですよね。とても細やかにその情景を見ている。それを、幼いといえば幼いですけど、擬人化して表現しているんですね。

こういう歌を読むと、鳥居さんは、目の前にある見えるものを擬人化したり、比喩を使って表現したり、言葉でちょっとちがう世界をつくってみたり、そういうことをするのがすごく楽しいと感じている、ということがわかる。そういう修辞が楽しいからこそ短歌をやっとる、という感じは歌人ならみんなあるわけでしょう。その喜びみたいなのがすごくシンプルに出てるなぁ、うまく出ているなぁ、と思うのね。

だから、急に第Ⅱ部で修辞にめざめたわけじゃなくて、世界を言葉にするときに、世界がふっとやわらかくなったり、ちょっとちがう相貌を見せるところにもともと興味がある。そういうところはこの歌集の「Ⅰ」「Ⅱ」に通底していると思う。

しかし、鳥居さんには、必ず現実のネタがあるんですよ。イメージや空想の世界にぶっ飛びはしない。その元になったネタが読者にきちっと伝わっている。それを言葉で表現することによってちがう世界にしていく喜びみたいなのを感じていたんだろうなと思うんですね。だから、いわれるほど第Ⅰ部と第Ⅱ部の断絶はない……。

吉川　修辞について少し言うと、今の歌の「手放す」とかね、水原さんがあげた夕焼けの歌の「とどこおる」とか、はじめに出た「押しやりながら」とか、動詞に工夫があると思う。動詞によってこう、表現の新しさを出しているっていうのがある気がしますね。

大辻　あぁ、それはある。

吉川　意外と気づかないんだけど、動詞を今までとはちがう使い方をしようとする表現の特徴はありますね。そこはおもしろいところだと思う。

水原　「解説」で吉川さんが書いている歌ですけど、

あおぞらが、妙に、乾いて、紫陽花が、路に、あざやか　なんで死んだの

これ、最初の頃の作でリズムが切れ切れだという感じで吉川さんが書いてらっしゃるんですが、わたし、このリズムが発展して、韻律感がよ

くなったとはあんまり思わなくて、これはこれで、独自のリズムだと思うんですよね。

これ、すごい印象的な歌で、「路に、あざやか　なんで死んだの」。人が死んだ現実があるんだけど、その現実をべつに踏まえなくても、「あおぞらが、妙に、乾いて、紫陽花が、路に、あざやか」だという、そのことだけでこの歌って読めますよね。だから、そういうところが第Ⅱ部の、修辞が主体といわれるところに、もうつながってるっていうか、鳥居さんの最初からの資質じゃないかなって思うんですよね。

吉川　それはぼくもおもしろいと思いつつ不思議な歌なんですが、この表記法はその後やってないんで、一回性ですね。このとき一回だけ。

「生きづらさの文体」について

今日来られてますかね、雲嶋聆《くもしまれい》さんが今年の現代短歌評論賞の応募作でこの歌をあげて、文体が切れ切れになっていて、点で区切られることによって、自分が切り刻まれている感覚を出しているというふうなことを書かれていたと思うんですけども……雲嶋さん、来てます？

雲嶋　はい。今の歌について？　そうですね、ぼくは「生きづらさの文体」と勝手に呼んでるんですけど、鳥居さんの歌って、すごく調べがなだらかでうまい歌も多いですが、あえて助詞を省略してリズムをぶつ切りにしているような歌もあったりして、言葉がブツッて切れるそのリズムが、言葉のレベルでの生きづらさというか、流暢《りゅうちょう》に話すことができない人の、話し方を代弁しているような気がします。その一つのかたちとして、点を打ってブッツブッツッと言葉を切るこの作品があるのかな、と思いました。以上です。

吉川 そうですよね、たしかにそういうところに共鳴する部分って鳥居さんの歌にはありますよね。この歌はかなり初めのほうの歌、最初に作った頃の歌だと思うんですけど。

大辻 あぁ、そうなんか。

吉川 うん、最初の頃の歌からくらべると、あとになるとね、さっきの母親の歌のように言葉がスッと流れてますよね。一首がスッと立ち上がる。変わっていくような気はしたんですね。成長していく、とまで言うと、ちがった解釈があるかもしれませんが。

大辻　吉川さんは、句読点とか言葉のリズムとかで、作者の意図を伝えようとするテクニックとかやり方に対しては批判的じゃないの？

吉川　あんまり好きじゃないけど（笑）。

大辻　若い人の歌を批評する文章でよくそういう文句言ってない？

吉川　この歌は一回きりなんでね。一回だけで、解説でも引いたんだけど、「妙に、乾いて」がいいんだよな。

大辻　でも、これ、点とればすごく短歌的ななめらかな二句切れの歌ちゃう？

吉川　そうなのかな。

大辻　「あおぞらが妙に乾いて紫陽花が路にあざやかなんで死んだの」。だから、本質的には、なめらかな調べの人かなと思うけどな。

吉川　なるほどね。

大辻　だから、和歌的とまでは行かんけど、すごくなだらかなリズム感をこの歌集の全編にぼくは感じるんよね……初期の習作をぼくは知らんから、そう思うのかもしれんけど、吃音的《きつおんてき》とかそういうのは全然、感じなかったな。調べはすごく健康的やと思う。

吉川　句またがりとかはあまりないしね。……続けて、会場からご意見をいただこうと思います。ツイッターでお書きになっているところでは、今日の日のためにパネリストの歌集までひもといていただくなどして、準備してこられた中岡毅雄《なかおかたけお》さん。ぜひお話を……。

明るい世界への眼差し

中岡　俳人の中岡毅雄です。吉川さんが十首に選ばれていて、もう話をされちゃったんですが、「爪のないゆびを庇って耐える夜「私に眠りを、絵本の夢を」」という歌について……私がこの歌に惹かれたのは、最後の「絵本の夢を」ですね。悲惨な状況というのか、逆境にいながら、一首の結びで救いがある、救われる。鳥居さんの世界に惹かれるのはそういうところです。

『キリンの子』は五回くらい読んだんですけれども、そのときに気づかなかった歌で、今日、こんな歌があったんだなと思ったのが、水原さんが選ばれている「永遠がしずかに膝を抱いている絵本の棚の小さなすきま」という歌。改めて読んで、いいなと思いました。

この『キリンの子』は、逆境にあって、悲惨な目にあった鳥居さんの境遇というのが重く用いられて、そこが強調されすぎてしまっているところがあるとわたしは思うんです。しかし、鳥居さんの本質というか資質は、そのなかでも明るさというのか、希望を捨てないで、明るい世界へ眼差しを向けようとされているのをわたし自身は強く感じました。

『キリンの子』の後にどういう作品へと発展していくかは、まだわからないわけですけれども、そういう明るい世界、希望に満ちた世界に対する共感というのか、人々に訴えかけるような方向へ転換されて行くんじゃないかな、ということを、読みながら感じたんですが、いかがですか？

作者の鳥居さんとして、めざしている世界というんですか、短歌でこういう世界を表現して行きたいと思われていることを、ひと言でけっこうですから、教えていただけないでしょうか。

吉川　では、作者にお聞きしますか（笑）。

鳥居　こんにちは（笑）。どんな短歌を作ったらいいかなっていうのは、いつも思っていることなんですけど、わたし、歌集を読むのが好きなので、今日来てくださった方の歌集も読んでますし、読むと、こういう歌があるのか、すごいなぁと思って、足元にも及ばないと思うんですけど、なんですかね、自分が憧れた、短歌ってすごいな、歌人ってかっこいいな、こんな世界つくってみたいなって思う、その思いはずっと変わらずにあるんです。いろんな種類の歌人の方がいて、いろんな種類の歌があるので、いろいろ憧れてます（笑）。

吉川　中岡さんは今、悲劇的な部分が強調されすぎていると言われたんだけど、どうですかね、ぼくはわりと抑制されていると思ったんですが……そのあたりどうですかね。会場から発言いただければと思うんですけども……。短歌の世界でも、さっき水原さんも言ってたけど、ドキュメンタリー的すぎるんじゃないかという批評があるんですね。内容的に事実に頼ってるじゃないかという批評はけっこうあって、ぼくはそれにちょっと反対なんだけど、そのあたりどう思われます？　言いたいことがある人、手をあげていただければと思います……はい、どうぞ。

普遍的に訴えかける力

寺井　ぼくはまるで短歌とか知らなくて、ほんとにど素人なんですけど。ＮＨＫ「関西熱視線」で『キリンの子』が紹介されていたのを見て、すごいなと思って、すぐ本屋を五、六軒回って、でも、なくて、電話して聞いて、買ったんです。ほんで、読みまして、感動したんですけども。

鳥居さんの歌はね、普遍性があるんですよ。今の世の中はそんなに生きやすい世の中じゃないと思うんですわ。わりと歳とったぼくらも、若い人たちも、すごく生きにくい世の中を生きている。そういうところに訴えるものがすごくあるんです。だから、鳥居さんが歌われていることは特殊なことではなくて、すごく普遍的なところで、みんなが受け取っているとと思うんです。ぼくもそうなんですけども、お母さんとの楽しかったときの歌とか読むと、ほんとに心があったかくなるし、そういうところ大好きやし、でも、つらい経験の歌も、多かれ少なかれそういうふうな経験をしてる人、実はいっぱい今の世の中いると思うんですよ。ですから、そういうふうなところで、鳥居さんの歌には、現代性と、今の人たちに普遍的に訴えかける力があると思うんですね。

今の人はみんな、悲しみを持ちながら生きていかなきゃいけないというところがあると思うんで、これからもよい歌を作っていただけたら、と（笑）。はい。ありがとうございました。

吉川　今の発言は非常に重要な点だと思いますね。むずかしいところなんですが、一方で普遍性があって、共感して読める部分があると。だけど、この歌集を読んでいると、その共感だけではないのではないか、そのせめぎあいというかな、それをすごく感じるんですね。ぼくが最後にあげた歌ですが、

けいさつをたたいてたいほしてもらいろうやの中で生活をする

これは『キリンの子』ではなくて『セーラー服の歌人　鳥居』という伝記のほうに入っている歌なんです。新聞の連載時には、この歌への反響がとても大きかったんですって。でもね、ぼくはこの歌、歌集には入れないほうがいいよってかなり強硬に言ったおぼえがあります。表現としては、ちょっとそれはちがうんじゃないか、とすごく思ったんですよ

ね。この歌はひらがなで書いてますよね。小学校しか出ていないというキャラクターにぴったり合っていて、読者の同情を誘う面があったのだと思います。でも、鳥居さんの歌集はそういうところで読まれるべきではないんじゃないかなっていう気がしたんですね。今日ずっと言っているように、鳥居さんの歌は表現的にもすごく高度なんですよ。学校には行っていないかもしれないけれど、過去の詩歌をよく学んでいる、巧みな歌だと思うんですね。この歌は幼く作っているけども、こういう歌で評価されてはいけないんじゃないかと、そう思ったんです。「かわいそうだ」というふうに読まれるのではなく、強い一人の作家として読まれてほしいと思った。

だから、普遍性というときに、そういう境遇が影響しているところもあって、むずかしいんだけど、同情的に読まれてはいけないんじゃないかな、というのを感じています。どうですか、大辻さん。

大辻　これ言うと、なんか、前にいるみなさんを敵にまわしてしまいそうで……。

吉川　そんなこと、ないやろ（笑）。

大辻　歌集がこれだけね、二万部も売れるっていうのはとんでもないことで、俵万智《たわらまち》さんの二八〇万部もうらやましいかぎりなんやけどね、これだけファンがついて「セーラー服歌人」として売れると、なかなか、次が大変やと思うなぁ。本人の思いとしてはやっぱり、プロ歌人志向でしょう。プロというとなんか嫌な呼び方やな……短歌のプロパーか。短歌表現をぎりぎりまで突き詰めていくというかな、そういう志向が鳥居さんのなかにあって、これからはそれで行きたいって気持ちが絶対あると思うんですよね。でも、それは、大衆を切ることになると思います（笑）。

だけど、ぼくの希望としては、歌人として、表現の最前線で戦ってほしいと思いますね。ぼくの希望ですよ。でも、それはね、鳥居さんの境遇に共感するとか、鳥居さんの歌で励まされるとか、そういう多くの人々を、どこかで裏切ることになるんだろうなっていうのは感じますけど。やっぱり、また敵にまわしたかな（笑）。

吉川　うん、それはわかりますね。ただ、『キリンの子』は、メッセージ性と表現の巧みさの両方を持っているので、それは今後も両立していってほしいんだけど。

歌のうまさと伝わりやすさが共存

大辻　そこは、厳しいと思いますよ。近年はポピュリズムというか、大衆化の流れがあって、短歌が認知されて売れていくような現状があるから、鳥居さん、今後が大変だろうなって思います。繰り返しになるけど、ぼくはもう絶対、表現の最前線で戦ってほしいと思うけどな。

吉川　でも、さっき議論した「病室は豆腐のような静けさで割れない窓が一つだけある」、この歌はね、すごく高度やと思うわけですよ。そういう高度な言葉のほうが伝わって行ったような気がするのね。だから、ぼくは、わりと希望をもってるんですよね。

出版社は伝記のほうが売れると思ったらしいんですよ。そしたら、断然、歌集のほうが売れて、それはやっぱり、言葉の力かなっていうのを感じましたね。だから、鳥居さんの場合、歌のうまさと伝わりやすさが共存しているわけで、そのまま続けて行ってほしいな、と希望をもつんですけどね。そのあたりどうですか、水原さん。

三六〇度どちらでも向きます

水原　「けいさつをたたいて」という歌について考えていたんですけども、わたし、この歌が悪いと思わないけど、方向性がちがいますよね。つまり、今までわたしたちが議論してきた歌というのは、ある種の作家的良心にもとづいて作られているけれども、これはそうじゃなくて、実際に生きる上で必要だから、もうほんとに、なんと言うのかな、三六〇度どちらでも向きますという感じの歌ですよね。で、これを否定しているのが短歌の世界なわけですけど、うーん、それってほんとにこの歌が悪いんだろうか、わたし、ちょっとわからないなと思いました。

吉川　うーん、どうなんだろうね。

大辻　むずかしいよね。

吉川　ぼくはこの歌はね、やっぱりちょっと幼すぎるんじゃないかなと思ったな。

水原　幼いってことなんだ。

吉川　生活ができないから、わざと逮捕をされて、食べさせてもらう、というのはよく聞く話ですよね。だから、発想としてはそんなに新鮮には思わないんだけれど。でも、新聞ではすごく共感を呼んだらしい。それはつまり、読者が作品を読んでいるのではなくて、作者の境遇を「かわいそう」と思って同情しているからじゃないかなって気がするんですよ。読者が、弱者を見る視線で読んでいる。それはちょっとどうかな、と思って、この歌はそんなにいいと思わなかったんです。

大辻　鳥居さんがこういう境遇のもとで成長したというのはもうどうしようもないことで、それはもう、そこから逃れることはできない。それを強調する必要はないけど、あえて隠す必要もない。竹山広《たけやまひろし》って歌人がいるじゃない。竹山広は歌うまいんですよ。歌だけでめちゃくちゃうまい人やとぼくは思うんだけど、彼は自分が被爆者であるという境遇を、やっぱり背負わざるをえなかった。隠すのでも強調するのでもなく淡々と受け入れて歌った。鳥居さんもそうだと思う。竹山広のように、そういう境遇的なものを背負いながらも、表現者として大成することは十分できるし、それが高度な文学表現に結実するというのは当然あると思うんだよね。だから、わたしはさっき「言語表現だけで行け」って言ったように聞こえたかもしれないけど、決してそうじゃない。やっぱり短歌ってそういうところを全部含めてしまうような、一つの包容力のある器であり文芸であると思うので、竹山さんのような行き方はあると思うんですよね……歌の話に戻っていいですか。

吉川　いいですよ。

どれもこれも歌会に出せば点が入る

大辻　第Ⅱ部は、自分がどういう方向で行くのかという、方向性みたいなものを鳥居さんが自分でも模索しながら、探っている歌が多いんかなと思いましたね。みなうまい歌だと思うけど、たとえばぼくのレジュメ

の九首目の歌で、

噴水が止まれば水は空中に水の象《かたち》を脱ぎ捨てて散る

吉川さんがさっき言われたように、この歌も「脱ぎ捨てて」という動詞がいいんでしょうね。噴水が噴き上がるときは花のかたちに線状に開くんだけど、噴水が止まると放出された水は水滴になって落ちますよね。それを「水の象《かたち》を脱ぎ捨てて」と表現していて、これもちょっと凝りすぎな比喩というか（笑）、比喩表現にめざめた感じの歌ですよね。

次の、

アルフォンス・ミュシャの花環を置くように別れを告げて夜を帰り来ぬ

これもうまい歌で、「アルフォンス・ミュシャ」という言葉のひびきですよ、まずは。どんな人の絵でもいいんだけど、まず第一は「アルフォンス・ミュシャ」という言葉のひびきに感応するかどうかなんですよね。ミュシャがどんな絵を描いたかはその意味では問題外で、言葉のひびきとしてそれをもってくるのがうまい。それから、「花環を置くように別れを告げ」るわけでしょう。これもなかなか高度な比喩なんですよ。「花環」イコール「別れ」ではない。また、花環のように別れを告げるんで

もなくて、「花環を置く」ようにして「別れを告げる」、というのは、もうワンクッションある複雑な比喩なんですよね。また次の

快速で越す橋の下いくつもの戦火映してきた水面あり

この歌もけっこういい歌だなと思って、たぶん淀川かなと思ったんですけど、大阪大空襲のときに何度も何度も空襲があって、街が燃える火を水面が映してきただろう、と。「いくつもの戦火映してきた」というのは、たぶん作者にそういう歴史的な認識があるんですよね。その上をわたしは今、快速列車でスーッと過ぎて行く。ここらへんも、ものを見るとき、その背後に歴史性とか日本の一つの時代みたいなものを背負っ

て見ていて、どれもこれも全部、歌会に出せば普通に点の入る歌なんですね。

短歌の専門家と言ったら口はばったいですけど、短歌をずっとやってきた者から見てもね、こういうふうにうまい歌が多いんですけど、今後の歩みの進め方がむずしいなと思いますね。

「海」から「湖」へ

大辻　もう一首、ぼくが選んだ七首目ですけど、

夜の海に君の重みを手放せば陶器のように沈みゆく音

という歌があるでしょ。第一刷ではこうなっているんですが、私がもっている『キリンの子』は第二刷なんですね。第二刷はこのかたちではないんです。みなさんがお持ちなのもほとんど二刷のほうやと思いますので、開いて見ていただきたいんですけど、こんなふうになってるんやな

いですか。

夜の湖に君の重みを手放せば陶器のように沈みゆきたり（第二刷）

「湖」と書いて、たぶん「うみ」と読ませるんでしょうね。第一刷と比べると二刷では、漢字が「海」から「湖」に改められてますね。それから、結句が「沈みゆく音」ではなくて「沈みゆきたり」になってるんですよね。

吉川　なってるね。うん。

大辻　これ、わかるんです、なぜこう変えたかっていうのが……。これも亡くなった友達を歌った一連で、夜の海に自分の友達への思いを、陶器を沈めるように沈めたっていう歌だと思うんです。だけど鳥居さんは「海」より「湖」のほうがいいだろうと判断したんですね。

ぼくがこの歌で一番いいと思うのは、「陶器のように沈み」ゆくってところですね。皿を水に沈めるとね、ほわんほわんと左右に揺れながら加速度をつけて沈むでしょう。ああいうふうにゆらぎながら沈んで行く感じ、それを発見したところがこの歌のすごくいいところなんです。これが第一刷やと、「夜の海」やから、陶器が沈むところは見えないじゃないですか。波があるから、皿は、おだやかに下りて行かないでしょう。だから、陶器のゆらぐような動きを表現するためには「湖」のほうがいいだろうと作者は思ったんですよ。

それから、第一刷では最後が「沈みゆく音」でしょう。この形だと視覚と聴覚の二つを歌っていることになる。一つはゆらぎながら沈んで行く運動性。そして、もう一つは沈むときにショボショボって聞こえて静かになるそのときの音。最初はこの二つの情報を歌に入れていたんだけれど、鳥居さんは第二刷を出すときに、「これでは損だ」と判断したのでしょう。だから、「音」という言葉を省いて、沈んで行くイメージだけで勝負しようとした。視覚的な映像だけを描くことにした。だから、結句を「沈みゆきたり」にしているんですよ。これで歌がグン、とよくなった。

吉川　すごいじゃないですか（笑）。

大辻　ちょっとうまなってきた（笑）。短歌の生理がわかってきて、第一刷の歌だと、これは音とイメージを両方書いているから、焦点が絞れず、印象があざやかに伝わらないだろう、と。だから、第二刷では視覚的なイメージだけにしぼった。そして、海よりは湖のほうが沈んでいく様子がよく見えるだろう、と思って「海」を「湖」にかえた。「沈みゆきたり」というふうな動きだけにしたほうが読者に伝わりやすいだろうって、ちょっと判断した（笑）。作者の意図を解説すると、たぶんそういうことだろうと思う。こういう自己判断ができる、ということは、やっぱり、短歌がうまなったんですよ。

吉川　なるほどね（笑）。

大辻　うまなったんだけど、そのうまさが、どうかってことなんやろなぁ。うん。短歌はね、うまなればなるほど、駄目になって行くという側面があって（笑）、そこらへんがすごくむずかしいんですよね。だから、そういう分岐点に、遅かれ早かれ、鳥居さんは出会うんだろうなと思うし、ひょっとしたらもう出会っているのかもしれない。でも、そこを突き抜けてやってほしいなと思うんですよね。

ニュートラルな世界をめざして行く

吉川　会場からもお聞きしましょう。遠くから来た方で、竹内亮《たけうちりょう》さん。今日は東京から来られてますが、どうですか、何か。

竹内　竹内と申します、無所属で短歌を作ってます。今日、新幹線の中でもう一回読み返していて思ったんですが……さきほどパネリストの方たちもリアリズムとおっしゃっていましたが、鳥居さんの歌のリアリズムをもうちょっと掘り下げられるんじゃないかなと思いまして。

大辻さんがミョウガの歌を引かれましたが、これも八百屋さんの歌で、

真っ白な呼吸をしつつ冷凍庫の中でモヤシを七箱運ぶ

という数字が出てくる歌が他にもありまして、例えば、

音もなく涙を流す我がいて授業は進む次は25ページ

ミョウガのパックの数は目で見てもすぐには数えられないので、数字の歌というのは必ずしも目に見えたものをそのまま読むという意味でのリアリズムではないと思うんですね。リアリズムというと写真みたいなものを想像すると思うんですけど、鳥居さんのリアリズムはどうもそうではなさそうです。同じことですが、指紋の歌が二つありまして、

消えた子の行方わからずしらしらと指紋少なき教科書がある
この家に以前住んでた人たちの指紋を剥がす今夜の雨は

これらもリアリズムの歌といえるかと思うんですけども、目に見えないものを把握しているところに特徴があるんじゃないかなと思います。

鳥居さんの歌を読んでいて思ったのは感覚よりはその構造を把握するというか、全体をロジックで把握するような歌なんじゃないかな、と。題材は非常に過酷な経験が詠まれているので、そこに目が行くんですけども、過酷な経験がニュートラルに構造化されているところが、わたしは鳥居さんの歌集のすごくよいところなのではないかなというふうに思いました。安易な価値評価を拒否して、ニュートラルな世界をめざして行く。そういう歌集なんじゃないかなというふうに思いました。そんな感じです。

吉川　そうね。数字の歌、多いですよね。数字によって客観化している部分ってあるかもしれないですね。他にどなたでも手をあげて言ってもらったら……どうですか。

黒岩　失礼致します。俳人の黒岩徳将《くろいわとくまさ》です、岡山から来ました。今日はおもしろい話をありがとうございました。『キリンの子』を読ませていただいて、歌集は年に三冊くらいしか読まないですけど、第Ⅰ部と第Ⅱ部の断絶とまでは言わないですけど、言葉の使い方が流れているとか、そのちがいに関心をもってましたので、大辻さんのご指摘をすごくおもしろく拝聴しました。これから鳥居さんがどういう作風にして行くか、作家としての総体みたいなものを考えたときに第Ⅱ部的なところをこれからどう膨らませていくのかというのがやっぱり議論のポイントになるんじゃないかなというふうにわたしは感じています。鳥居さんの次の歌集を読みたいと思ってまして、それを考えるために言葉の組み合わせとか、動詞の話も出ましたけど、修辞的技巧を細かく一つひとつ分解して行って、これはこうだよね、みたいな話をしていくのがおもしろいんじゃないかなと思ったんですけれど……特にわたしが聞きたいなと思ったのはテニヲハがどのように生かされているかなんですけど、そのあたりお三方いかがでしょうか。

吉川　今日はテニヲハとかそこまで細かく議論できないかもしれないですが、俳句の場合、心情を消すじゃないですか。そこは短歌の場合とだいぶちがうと思うんだけど、俳句の方が『キリンの子』をどう読まれたのかをお聞きしてみたいですね。

黒岩　今日のパネルディスカッションで指摘されていた、客観的に対象を捉える、つらい自分がいてもう一人の自分がいる、そのあたりはむしろちょっと俳句的に感じて違和感がなかったですね。動詞を工夫されているという点は、俳句の場合、動詞に凝るとちょっとうるさく感じるところもあるんですが、長い三十一文字のなかでは「とどこおる」「手放す」「ばらまく」とかですね、そういった動詞がキラッと光っている感じは、読んでいるときにごく自然に入ってきました。俳句の十七文字の形式にするなら、もっとスッとした動詞、むしろ動詞を消して名詞で勝負するみたいなかたちで行きたいなとわたしは思いますので、そこは形式のちがいかなと……。

吉川　なるほどね。他にどなたか……小黒世茂《おぐろよも》さん。

苦痛を離脱する究極の言語体験

小黒　小黒でございます。わたし、この歌集が現代歌人集会賞の選考の最後に上ってきて、さて、どうしようかというところに立ち会ったのですけれども、そのときには、この歌集の特殊性と同時にある普遍性を、あまりわたしは読みきれなくて、ドキュメンタリータッチになっているようなところに対して、異議を言わせてもらったかと思います。でも、今回こうした機会を設けていただいて、改めて読んで行くと、修辞のうまさにたいへびっくりしているんです。そして場面の映像イメージのための、言葉選びの柔軟さ……。

若い歌人の作品を読むとき、リズムに間延び感があったり、内向きが過ぎたり、細かいところにばかり目がいくといった歌が気になっていますが、その点、鳥居さんの歌は定型の文体がしっかりしています。

巻頭の「病室は豆腐のような静けさで割れない窓が一つだけある」の一首をとっても、リズムがすごく滑らかで、そして「豆腐のような静けさ」という……豆腐のイメージですね、親しみとかぬくもりとかをもたらすようなイメージを入れておく。過酷な状況下では感情的に選べないのが普通かと思いますが、ここにちょっとの安らぎがあらわれるんですね。読者はこういった、けなげな感じに親和をするんだろうと思うんですね。

助けられぼんやりと見る灯台はひとりで冬の夜に立ちおり

こういう歌があるんですけど、「灯台はひとりで」と、灯台に自分自身と同化させているところ、それから、「助けられ」というこの受け身ですね。死にたくてそうしたんですから、「なんで助けたの！」みたいな感情が普通じゃないかと思うんですけども、でも、「助けられ」と言ってるんですよね。そこにちょっとした心理の謎含みというか、この作者の素直なところ、無垢なところがのぞいていて……。作者の本質はどこにあるんだろうかと思うんです。そういう状況下でありながらの客観性に感心します。

さきほどあげられた「入水後に助けてくれた人たちは」も、この「助けてくれた」という受け身ですね、相手を責めない抑え方や強さに得体の知れなさがあって、作品の大きな特色になっていると思うんですね。苦痛の身体から、苦痛だけをとり除いて、そこに無垢《むく》なる意識っていうのかな、それを浮かび上がらせている。身体的苦痛を自分の体から切り離すことで、ありのままを見つけようとする、そういうところになんだかすごく説得力があると思いますね。

ある病身の方に聞いたことがあるんですが、長いことずっと病苦を抱えたまま臥せっていても、そのなかでも平穏はあるんだよ、と。どういうことかというと、痛みは痛みとしてあるんだけれども、自分自身がその痛みから離脱できる瞬間があって、そこに心が到達すると、すごく安らかになるものなんだよ、と。病室の歌は、それを思い出させる究極の言語体験だと思いました。

それから、一つ質問なんですけど、この歌集を編むにあたって、捨てた歌がだいぶんあるのですか？　そのところが聞きたいです。痛みとか苦しみとかを言葉にせず、読者にゆだねたのでしょうけど、はずしたなかに、それがかなりあったのかどうか。歌集としての仕上がりを想ってそうされたのか。参考までに、ぜひお聞かせください。

闇に飲みこまれないように

鳥居　そうですね、捨てた歌はけっこうありますね。うん、けっこう、あるかな、と思います。でも、その捨てた歌に、痛みが宿っていたかっていうと……。痛かったとか苦しかったとかつらかったとか、そういうふうな歌が捨てた歌のなかにあるかっていうと、そうではないかも……。自分としては、最初から、つらい歌を作るときには、泣き叫びたくても泣き叫ばないように気を付けていたので、実際は泣きながら作ったりしてるんですけど（笑）、実際は泣いていても、なんというか、目だけは本気で文字を追いながら歌を作るっていうか、なんて言うんですかね、闇に飲みこまれないようにっていうか、気を確かにっていうか、わたし時々、気を失ったりするんですけど、ここで負けたら気を失う、倒れるっていうようなところで、飲みこまれないようにしながら作りました。

吉川　いいですか？　そしたら、林和清《はやしかずきよ》さん。

よく考えられたⅠ部Ⅱ部の構成

林　さきほど、歌人ではなく一般の読者ファンだという方からの発言がありましたが、わたしもファンなんです。歌の話をみんなが真剣にすればするほど、鳥居さんは無邪気な笑顔でほほえむところが好きなんですけれども（笑）、それは置いといて、生きづらい思いをしている人たちの代弁者として共感を呼んでいるという読み方に対して、吉川さんがビビッドに反応された。それが大事なポイントです。今、パネリストの三人の方は、代弁者として読まれない部分を強調して、その部分こそが本質なんだということをずっとおっしゃっていたと思うんですよ。三人ともちがうアプローチをされたんですけれども、そこは共通している。

大辻さんはわかりやすいかたちで斎藤茂吉を例に出して、記憶のなかで濾過され、ふるいにかけられて残ったものにほんとのリアリズムを感じさせるものがある、と語られた。質感みたいなものが言葉に残るからでしょう。吉川さんは、当時の自分を、現在の自分がそこに戻って見ているんだと。その現場に、自分自身がもう一度戻って見ているから、対象化されつつ、そこにリアルな感じが立ちのぼってくるんだと分析されました。水原さんは、その静謐な感じ、時空を超えて透徹したような感じがどこからくるかについて、世阿弥の「離見の見」を出して説明されました。的確だと思いますね。そして、すごく真剣に、そのときの現場の同じ感情にたどり着こうとしていると。何回も何回も同じところへ立ち戻ろうとしているから、本物なんだと語られました。

これはもしかしたら、ものすごくつらいことをやっておられるんじゃないかなと思うんです。フラッシュバックみたいにね。普通は、現在という時点があって過去を回想するんだけども、現在が過去と重なって、一番見たくないことを、その現場に戻って見ている歌なんですね。歌集をドキュメンタリーとして読まなくても、その感覚が表現者としての真実なんですね。そういう面がないと、文学とか芸術の表現はできないと思うし、本質的にその資質を備えておられる方だというのがよくわかりました。

第Ⅰ部、第Ⅱ部の構成について言いますと、一つのクライマックスになる踏切自殺の歌が第Ⅰ部の終わりにあります。友達が目の前で踏切自殺したことで一度、自分も死ぬわけですよね。そして、第Ⅱ部はみつばちの歌から始まるんですね。

海越えて来るかがやきのひと粒の光源として春のみつばち

ということの歌から。これは映画でいうと、ある一場面が激しくバッと終わって、そして暗転、しばらくポーズがあって、その後に、遠くのむこうから光が現れてくるような感じで第Ⅱ部が始まる。ものすごく効果的な、考えられた構成だなと思いました。

その第Ⅱ部が短い……途切れてしまうんですよね、それがまた次を読みたくさせるという……読者を惹き付けるなぁと思いましたね（笑）。

パネリスト一同　そういうことなのか（笑）。

林　鳥居さんが構成を全部考えたわけじゃなく、いろんな人のアドバイスがあったかもしれないけども、みんなを読みたくさせるのはこの構成のうまさにもあるような気がしました。

もう一つわたしが思うのは、鳥居さんは特殊な環境に育たれたから、多くの人が読むような短歌の本を読む機会がそんなになかった。わたしたち昭和に生きてきた歌人が否応なく塚本体験をして、それを拒否するにしても受容するにしても、塚本邦雄《つかもとくにお》と切っても切れないかたちで歌を書いてきたように、平成を生きる歌人たちは、穂村弘《ほむらひろし》という歌人の存在を通過しているはずで、その影響は消せないと思うんですね。もちろん鳥居さんも、機会があって穂村弘に触れ、影響を受けただろうけど、いくらでも感受することはできなかった。それゆえに、韻律とか言葉の組み立てが、若い人の口語短歌とどこかちがう、と。穂村弘やその後の若い歌人の歌をインターネットなどでいくらでも読める環境ではなかったことが個性を生んだ。どこにつながったかと思ったら、偶然か必然か、中城《なかじょう》ふみ子《こ》など昭和の歌人と直接つながったことが、今の鳥居さんをつくりあげているんじゃないかと思ったりしました。そういう意味で言うと、わたしたちは壮大な実験に立ち会っているというそんな感じもします。文学的才能をもっと大きく伸ばすことができたら、河野裕子《かわのゆうこ》のような大歌人になる、それくらいの力量をもった人じゃないかなとわたしは思います、以上です。

吉川　影響の大小はともかく、穂村弘を全然知らなかったということはないはずですけどね。続いて、中津昌子《なかつまさこ》さん。

読みこむのがむずかしい歌集

中津　中津です、よろしくお願いします。わたしは改めて読み直してみておかあさん、母という存在がすごく重くて大きい、それがⅠにもⅡにも通底していることを感じました。

事実に頼っているというような声に対してはどうですかっていうことですけれども、現代歌人集会でも、Ⅰはコトが出すぎで、Ⅱは表現力が高い、その齟齬《そご》はどうなんだろうって言われたわけなんです。そのあたりもどうだったのかなと思って、今回、一首ずつ丁寧に読み直したんですけど、例えばですね、

理由なく殴られている理由なくトイレの床は硬く冷たい

という歌がⅠにあって、この二回目の「理由なく」にちょっと目がとま

りました。一般に、初心の方が作られるときに、「理由なく殴られている」ときたら、トイレの床に座らされていて、ぐらいの、場面説明がスッと続いて行くのが普通だと思うんですけど、理由なく床が硬く冷たい、と言う……。最初の「理由なく」とあわさって理不尽さの感じも増すんだけれども、なんていうのか、理由ないのが当たり前のもの、それを「理由なく」とわざわざ言うことで、モノの存在感、床の存在感が迫って、それがすごく一首を肉付けしていると思ったんですね。で、そうやって見ていったときに、大辻さんもおっしゃってましたけど、コトに圧倒されて歌が見えなくなっていたところもあったんだなって思いながら読みました。もう一首引きたいんですけど、

日常の朝の光がカーテンの白さを越えてやんわり揺れる

これは普通、日常とされているモノの見方、そこから切れているような「日常」だなと思ったんですね。自分が日常にいるというより、日常なるものとの距離のとり方、乖離感《かいりかん》みたいなものが出ている。助けられたときに「寒い」という声が聞こえたというのも、助けられたほうからすると、なにか自分とは次元がちがうところの声のように思えたんじゃないかなと……そういう自分のなかにあるものとほかを流れる空気との距離感みたいなものを出すのがとても上手なんじゃないかなと思いました。

ただ、どうしてもコトが先に来るから、実は読みこむのがたいへんむずかしい歌集なんじゃないかな、ということを思いました。

一つ質問なんですが、水原さんが「永遠がしずかに膝を抱いている絵本の棚の小さなすきま」、それから吉川さんが「爪のないゆびを庇って耐える夜「私に眠りを、絵本の夢を」」っていうような歌を引いてらっしゃる。この作品の気持ちに降りて行くときに共感はするんですが、なんていうか、短歌を長くやっていると、「永遠がしずかに膝を抱いている」というこの「永遠」の擬人化の仕方とか、そこが「絵本の棚」であるとか、このあたりが甘く感じられるんですよね。「絵本の夢を」……絵本かぁって思ってしまう。ただ、どうでしょうね、短歌に日頃はあまりふれない一般の方はこの「絵本」がやっぱりいいのかなぁと思ったりしました。

吉川　どうですか、水原さん。

水原　「絵本」が甘いですかね（笑）。私は全然思わなかったですね。永遠って、静かに膝を抱いているんだという、この姿勢の直接性がいいと思って。つまり、そこに自分がいるんじゃないかと思うんですよね。その小さな隙間に入り込んじゃっている自分がいて、それが永遠なんじゃないかなと思って読んだので、わたしはこの歌、共感できました。

居さんは信頼できる先輩

吉川　そろそろ時間を気にしながらになりますので、次の方の発言に移りますが、吉野《よしの》亜矢《あや》さん、どうぞ。

吉野　「未来」の吉野亜矢です。神戸から来ました。鳥居さん、何年か前に一回、歌会でお会いしたの、おぼえてらっしゃいますかね。隣にセーラー服の子が座ってるけど、高校生じゃないんだよっていう解説で（笑）、楽しい歌会だったんですけど、そのあとでこの歌集を拝見して、あの女の子が歌集を出したのかっていうこととか思いながら、「未来」に何ヵ月か前に批評を書かせていただきました。この歌集の受け止められ方、読まれ方についてはみなさん論じてらっしゃる通りで、コトの重みですとか、ベースにある事実の重さとかに読者はひっぱられるところがある一方で、作者の才気とか感性の輝きとか、伝わってくる感動というのはまぎれないものがあると思っています。

顔文字の趣味のよくない友だちが空の写真のメールを寄越す

Ⅱ部のなかで、例えばこの歌、いいなと思いました。「寄越す」という動詞のぞんざいさに込められた親しさとか、距離感がいいのと……受け取る側の鳥居さんが感じている趣味のよくなさを、その友達は理解できないわけですよね。そういう共有できること、できないことがありながら友達だっていうこと。そして、送られてくるのが空の写真であるという向日性《こうじっせい》、見上げる感じとか明るさがとてもよくて、調べののびやかさ、健やかさという指摘も大辻さんからありましたけども、鳥居さんの特長が出ている歌かなと思います。

歌の話とちょっと飛んじゃうかもしれないんですが、鳥居さんが主張をもって着てられるセーラー服が歌人・鳥居さんの本質じゃないというか、必要なものではなくなると思うんですよね。うまく言えませんけれども、そのセーラー服が伝えること、発信することがもし必要なくなることがあっても、歌人の鳥居さんは変わらないというか、なんとなくそういうことを思っています。

吉川　時間が残り少なくなってきましたので、ぜひ言いたい人、手をあげてください。若い方で、鈴木加成太《すずきかなた》さん。

鈴木　みなさんのお話、聞かせていただきましてありがとうございます。鳥居さんの歌を最初に読んだのは「塔」の十代二十代特集だったと思うんですけど、鳥居さんがＤＶシェルターにいらっしゃったときの歌を作っておられて、それがぼくにとっては衝撃的というか、自分の人生のことを書いて、なんて言うんでしょう、うまく話せないんですけど、自分の生き方を書いてこんなに伝わるのかと。それは茂吉の『赤光《しゃっこう》』を読んでも、感じなかったというか、昔の人だなとしか思わなかった……ちょっと未熟だったんですけど思わなかったりとか、俵万智さんの『サラダ記念日』を読んでもどこか少しドラマチックな物語のように見えたんですけど、鳥居さんは自分の生き様を書いておられるというのがすごく印象的でして、その後、自分も賞をいただくことがあったんですけども、そのときの作品は鳥居さんが自分の生き方を書いてらっしゃるということに影響を受けたものであります。なので、鳥居さんは尊敬できる先輩というふうに自分は考えています。

大辻　そうか、先輩なんだ（笑）。

吉川　ほかにどうですか、あと一人……。

鳥居　短歌に全然詳しくない人でも話してだいじょうぶですよ（笑）。

みんなの期待を裏切って

井出　井出《いで》朝子《あさこ》と申します。絵を描いています。座ったままでもよろしいですか。わたしは、東京からまいりまして、ツイッターとかで、鳥居さんとつながったりしている、ほんとにファンの一人です。短歌は全然知らなくてですね、でも、この歌集を読んですごく感動しまして、毎日のように開いているんですが……ほんとにファンとしての立場から話してよろしいですか？　雨とか水たまりについて書いた短歌があるんですね。

水たまりとは雨の墓　もう二度と戻れぬ空をくらく映して

読み方もたどたどしくて申し訳ないんですけど、これを拝見したときに、水たまりがほんとに「雨の墓」だと思えたんですね。「もう二度と戻れ」ない、そうだな、と思ったんですが、何回も何回も読んで行くうちに、わたしの勝手な解釈なんですけど、やがてお日様が出てきて、この水たまりは跡形もなくなって、お空に水蒸気として戻って行く。墓とはいえ、そこには来世があるというか、死んでもまた生まれ変わることもあるし、繰り返していて、一見気づかないんですけど、鳥居さんの短歌に希望を感じたんですね。わたしも個人的に、幼いときからね、苦しいことがいろいろありまして、だから、共感するところが多くて、ほんとに涙なくしては読めなかったんです。ご自分を丸裸にして、内臓まで見せるような短歌をお詠みになっている鳥居さんも大変ですけど、読んでいるわたしがなぜこんなに感動するのかな、救われちゃうのかなって、不思議だったんですね。

気づくのは降りやんだあと雨だった水滴を切り空を眺める

この歌も「空を眺める」っていうところでわたしは救われてたんだなって思ったんですね。

わたしは美術大学で油絵を専攻していたのですけど、絵の批評会っていうのがありまして、教授たちがずらっと並びまして、わたしの一枚の絵をみんなで討論するんですね。次の日、先生がアトリエに来て、わたしがいなかったから、死んでるかもしれないから、見に行って来いって。それでわたしの下宿のドアを友達がコンコンてして「あれ、生きてた」って。そのくらい辛辣な批評をされてですね、もう二度と絵筆が持てないところまで追い込まれたことがあって、でも、あまりにもつらいと客観的になるんです。客観的になると教授の指導もわかってきますし、また教授が何て言おうと、わたしはわたしって。反抗心が強くて、そのおかげで今でも絵筆を折らずにいますから。

今日、そうそうたる歌人や俳人の方々からいろいろなお話が出ましたけれどね、ぜひ鳥居さんも、みんなの期待を裏切って（笑）、もちろんいい意味でですよ、もう思いきり、好きなように鳥居流でがんがんやっていただきたいなって、すみません、ほんとに無責任な発言なんですけど、ファンの一人として、そう思いました。

ハンカチを拾ってあげたかった

吉川　時間になりましたので、最後に、鳥居さんから挨拶いただきたいと思います。

鳥居　今日は、ありがとうございます。挨拶が十分間、あるっていうことで、何を話そうかなって、おとといときのうと二日、考えて、原稿用紙に何を話すか書いたりしたはずなのに、すべて今、忘れて、頭が真っ白です（笑）。

インターネットで「スピーチ　コツ」とかで検索して（笑）、十分だと三千字程度がいいとか、仕事ができるやつはもっといっぱいしゃべったほうがいいとかいろいろ書いてあって、自分も書いたはずなんですけど、すっかり忘れてしまったな（笑）。

えっと……あ、そう、自分が今日死ぬとして、もう今日で世界が滅亡とか、自分の命があと数時間で息絶えるとして、それでもこの集いに来るかなって、考えたんです。で、行くべきだなって、思いました。絶対行くべきだなって、思いました。『キリンの子』を読む集いなので、今日の主人公は『キリンの子』を読んでくれたみなさん一人ひとりです。わたしは、その一人ひとりに、ありがとうを言いたいし、言うべきだと思いました。立派な人にも、そんなに立派じゃない人にも……。

会場　（笑）

鳥居　わたしにとっては、読んでくれた読者はみんな大切なんです。まさか笑いが起こるとは（笑）。

会場　（笑）

鳥居　それで、はぁ、流暢に話せるように練習したのにな、ボイスレコーダーに向かって、十分はかって。どうしてうまく話せないんだろう（笑）。

えっと、そうそう、わたしは十六歳のときから一人暮らしをしてきたんですけど、もうほんとに一人ぼっちで、十六から一人暮らしっていうと、なんだかこう、しっかり自立して暮らしてたみたいに聞こえるかもしれないですが、そんなことなくて、水道ガス電気全部止まって、どうしたらいいのかわからなくて、相談できる人もいないし、なんか、ひたすらさびしくて、それで、そのとき、わたしはインターネットでメル友を募集したんです、友達がほしいと思って。女の人がメル友をインターネットで募集するとどうなるかっていうと、だいたいこう、おっぱいの写真送ってくれとか、そういう、しょうもないメールが百通くらい来るんですけど、そのなかで一人だけ、なんか話ができそうな人がいて、その人としばらくメールをしました。ほんとに数回、メールしました。その人は毎日、憂鬱だって言ってました。わたしと同い年くらいで、十六か十七だったと思います。毎日、憂鬱で死にたいって。人間関係もわずらわしいし、みんな死ねばいいのにって。自分が死ぬか、まわりがみんな死ぬか、どっちかがいいなって。でも、家の近所の紀伊國屋書店だけは残ったらいいなって、言ってました。たぶんその人は本が好きで、国会図書館が残ったほうがいっぱい本が読めると今なら思うかもしれないけど、当時のわたしたちは、国会図書館って知らなかったから、たぶんその人の家の近くの一番おっきい本屋さんが残ったらいいなって言ったんだと思います。その後その人は、どうなったのか知りません。生きてるのか、死んじゃったのか、全然知りません。

今、わたしの書いた『キリンの子』という本は紀伊國屋書店さんにも置いてもらっています。さっき吉川さんもおっしゃっていたけれども、全然売れないだろう、誰も読まないだろうって言われながら、出版された本でした。そんな本がどうして全国の本屋さんに置いてもらえるようになったのかっていうと、それは、思いがけず読んでくれる人がいたからです。思いがけず読んでくれる人がいたから、本屋さんは本を置いてくれるようになりました。思いがけず読んでくれる人がいたから、出版社の人も、増刷しようかって決めてくれました。わたしは、ずっと昔のメル友、自殺志願者のメル友に、死なないでほしいってうまく言えなかったけど、この本が紀伊國屋書店に置いてあるから、この本で死なないでほしいっていうのが伝わったらいいなって、思います。

あと一つだけ話をさせてください。

歌人になる前と歌人になった後で、何が変わりましたかって、聞かれることがあります。わたしはうまく答えられなくて、ずっと考えてたんですけど……。以前のわたしは、虐待も受けていたから、自信がなくて、自分はもうほんとに、いないほうがいい存在だと思っていて、人にとって迷惑でしかない存在だと思っていて、だから、すごく無口だったし、歩いていて、目の前でハンカチを落とした人がいたときに、ほんとは「落としましたよ」って、渡してあげたいけど、わたしなんかがさわったハンカチじゃ気持ち悪いって思われるんじゃないかなって、そのハンカチがその人のお気に入りだったら、すごく申し訳ないなって、ほんとは「落としましたよ」って、渡してあげたいけど、こんな自分じゃできないなって、以前のわたしはそういう人でした。

歌人になって、応援してくれる人がいて、わたしはみなさんから、勇気をもらいました。わたしの歌を受け取ってくれる人がいるんだって、自信にもなりました。だから、今のわたしは、すごくささやかな変化かもしれないけど、こう言えるようになりました。歌人になって変わったことは、目の前でハンカチを落とした人がいたら、「落としましたよ」って、渡せるようになったことです。みなさんのおかげです。ありがとうございます。

会場　（拍手）

事務局　鳥居さん、ありがとうございました。パネリストのみなさんも、年末の家族サービスしなきゃいけない日にありがとうございました。水原さんは老犬のさくらをペットシッターに託しておいでいただき、ありがとうございました。会場の「トラベリングコーヒー」のみなさんも、きのうまでで営業は終わりだったんですが、開けていただいてありがとうございました。最後に、お集まりいただいたみなさんの参加費から、花束をご用意しましたので、鳥居さんに差し上げたいと思います。

事務局　改めて歌集出版、おめでとうございます。よくがんばりました！

会場　（拍手）

鳥居　（泣）

事務局　鳥居さん、もう（マイクは）いいですか。

鳥居　（笑）。

事務局　では、なんとなくこれで解散という……。

会場　（笑）

事務局　鳥居さんはこれから二冊目、三冊目の歌集を出して行かれるわけですが、またこういった機会を設けたいと思いますので、その節はぜひまたお集まりいただければと思います。本日はありがとうございました。

会場　（拍手）

Part2

『キリンの子』について思うこと

岡井隆

鳥居の『キリンの子』が、現代歌人協会賞に選ばれたときいた時、わたしは、ちょっと、びっくりしました。選考委員による選考記を読んでいないので、感想をこれ以上述べることはできませんが、『キリンの子』は、歌集のつくりとしても、歌の作り方にあっても、歌の約束を破っているところがあります。異色の歌集です。

第一に「I」部は、従来いわれている回想詠です。

藍色の蚊帳のなかには夢遊病わずらいし母さまよっている

こういう歌も、過去形で歌うのが習わしでしょう。しかし、鳥居は、現在形です。そのやり方を貫いています。そして、そこには、（このごろの若い世代の歌が、現在形の中に、過・現・未の三つの時間を表現しているのに、通うようでもありますが）鳥居の過去が、実は、強烈に、現在の現実として、作者には受けとられているという、特殊な事情があります。

それは、母親の自死とか、児童養護施設での虐待とかいう過去の事実、昔の体験が、この作者の場合、特殊例中の特例として、するどく、つよく、現実味を帯びて、詠まれるということです。

わたしは、この歌集を読むと同じころに、著者と会いました。大阪大学の短歌批評会というか、皆で歌出して、感想をのべ合う会ですネ。わたしは講師によばれて講演し批評の場に加わりました。その時、セーラー服の歌人鳥居と会い、休憩時間と会の終ったあと、雑談をしました。

作品には必ず作者がいるわけですが、その作者に出逢いました。そして、信頼するに足る人だとわかりました。本名は明かさないし、生年も、出生地もわからないままですが、一目みて、母親の死や施設でのいじめの時期からは、二十年ぐらいはたっているだろうと思えました。「Ｉ」部の歌が、過去の体験を歌ったものだとわかりました。それなのに、そのなまなましい感じは、歌に出ています。このことについては、今のべたとおりです。

わたしの結社で、選者をしている何人か、ならびに編集部にいる女性たちに、『キリンの子』について印象をきいたことがあります。大阪で本人に会った時の、好もしい印象について付言しながらききました。全員、『キリンの子』肯定派でした。岡井さんの直感を信じるって言ってもいました。

わたしの唯一出席している超結社の作品研究会「アノニムの会」で、たまたま、鳥居のことを話題にしましたら、二派に分かれました。批判する人は、強く批判しました。やわらかく受けとる人も、はっきりした意見の持主でした。歌壇は、今でも、二派に分かれており、少数派かもしれませんが、鳥居をみとめない人はいると思います。つまり、鳥居は存在においても、歌においても、歌人の試金石であり続けています。

わたしは、中城ふみ子に対して、近藤芳美さんたち戦後派と、中井英夫さんたち編集者のあいだで、鋭く評価が対立したことを想起します。同じようなことは、八〇年代の俵万智の『サラダ記念日』についても、おきています。

鳥居の『キリンの子』は、その前例たちとは、時代も違うし、作品の質も違いますが、女性というジェンダーでは共通しているのを、あらためて、思いかえしました。現代短歌は、このような試金石的歌集を、いく度も持つことによって、変化して来たのです。

その後、わたしは、「現代短歌」の雑誌企画「二人五十首」の第一回目に、鳥居さんと歌を作り合いました。この体験は貴重でした。なぜなら、鳥居さんの、はるかに年のはなれた男への、対応の仕方に、あたたかく、また、緊張した作歌力を感じたからです。あの五十首、五十日のことは、年老いたわたしにとっても、新しい、そして、冒険に満ちた歌の体験だったと思って、感謝しています。

これは、鳥居の書いていることで、わたしも奇遇だと思っていますが、わたしが故郷名古屋の新聞中日新聞の朝刊に三十年近く連載していた「けさのことば」という、コラムがあります。それを、鳥居さんは読んで、そこから、歌を知り、日本語の書き方についても示唆をうけたとのことでした。

おのずから、鳥居の故郷も、ぼんやりと想定されるようなエピソードですね。そういう、歌の大先輩、である筈のわたしと、二人五十首をつくるときにも、鳥居さんはすこしも遠慮しません。「二人五十首」というのは、二人の歌人の打ち合う竹刀の音のひびく場の筈なのに、鳥居は、たのしげでさえありました。

わたしは、鳥居の第二歌集に、つよい期待を抱くようになりました。

もう一つ、これは、とても大事なことであり、また、果たして『キリンの子』論になるかどうかはわかりませんが、書きます。

鳥居は、歌を知り、歌を書くことによって、この辛い人生を、なんとか生き継いでいるというふうに、わたしは思っています。

むろん、誰だって、生き甲斐として歌を作っているともいえますが、鳥居の場合は、それとはちょっと違うように、わたしには思えます。

歌を作り、歌について考え、歌のために台湾やパリまで出かけていくことは、鳥居が死なないでいるための、切羽つまった行為なのであるように、わたしには見えます。あの過去を、生ま生ましい現在として感じとりながら、いつでも死の側に移ることができ、それもまた甘美で、母のもとへと帰ることであると感じている鳥居に、なにがなんでも、歌を作って下さい、歌を作り続けてくださいい、とわたしは願っています。これは、一つ一つ仕事をこなすこと（この文章もその一つですが）によって、一日一日を越えてゆく、超高齢者の生き方とどこか似ているようでもあります。

そのことで、思い出しましたが、『キリンの子』には折々、社会詠がまじります。

昼顔の一輪ごとに閉じてゆく少年兵が見る母のゆめ
快速で越す橋の下いくつもの戦火映してきた水面あり
デモ隊にまぎれて進む女生徒がうすく引きゆく林檎の香り

わたしは、『キリンの子』三十首選には、わざと、これらを入れませんでした。社会詠は、作者が、一つの行動に加わることによって、自分を明らかにする場です。失敗も多いでしょう。それ故に、そこへ出ていく鳥居の姿をみたいと思うのです。

Part2

『キリンの子』三十首選　　岡井隆

I

病室は豆腐のような静けさで割れない窓が一つだけある

履歴書に濁った嘘を連ねよと進路指導の先生は言う

一つずつ命宿さぬ文字たちを綴り続けて履歴書できる

白々となにもかなしくない朝に鈍い光で並ぶ包丁

藍色の蚊帳のなかには夢遊病わずらいし母さまよっている

目を伏せて空へのびゆくキリンの子　月の光はかあさんのいろ

目覚めれば無数の髪が床を埋め銀のハサミが傍らにある

灰色の死体の母の枕にはまだ鮮やかな血の跡がある

透明なシートは母の顔蓋《おお》い涙の粒をぼとぼと弾く

児童相談所で食べし赤飯を最後に止まった我の月経

全裸にて踊れと囃す先輩に囲まれながら遠く窓見る

爪のないゆびを庇って耐える夜　「私に眠りを、絵本の夢を」

カーテンを開けない薄暗い部屋に花柄を着た母がのたうつ

夕立の気配が家を包むころ母が取り出す小ざら大皿

夕食を作りつづけた母だったつめたい床にまな板おいて
壊されてから知る　私を抱く母をしずかに家が抱いていたこと
母は今　雪のひとひら地に落ちて人に踏まれるまでを見ており

引き出しの中のはさみは月の夜にきいんと冴えて取り出されたり

Ⅱ

海越えて来るかがやきのひと粒の光源として春のみつばち

気づくのは降りやんだあと雨だった水滴を切り空を眺める

アルフォンス・ミュシャの花環を置くように別れを告げて夜を帰り来ぬ

三年間耐えねばならぬ制服にふたすじの白線は引かれて

私ではない女の子がふいに来て同じ体の中に居座る

注射器をとろりと満たし血液が腕より出でてゆくさまを見る

夕闇に触れた順からつぎつぎと人格をもちはじめる樹たち

響くのはひとつの鼓動　乖離する私がわたしのなかに眠らぬ

この冬を生きる決意を持てぬまま半袖だけの服を眺める

ふいに雨止むとき傘は軽やかな風とわたしの容れものとなる

水たまりとは雨の墓　もう二度と戻れぬ空をくらく映して

手を繋ぎ二人入った日の傘を母は私に残してくれた

Part3

インタビュー

『自殺する人を減らしたい。
短歌にはその力がある』

鳥居

この章は、現代歌人協会賞受賞の決定を受けて、
現代短歌新聞二〇一七年七月号でインタビューした際、
紙面に収まりきらなかった内容も含め、再録したものです。

日時：2017年6月4日　場所：大阪市内のとあるカフェ
聞き手：真野少（現代短歌社）

——現代歌人協会賞受賞、おめでとうございます。

鳥居　ありがとうございます。いただけるとはまったく思っていなかったので、受賞が決まったときはすごくびっくりしました。短歌の世界で、わたしは浮いてたしエイリアンみたいな存在だと思っていましたが、そんなエイリアンなわたしを受け容れてもらえてありがたいな、と。わたしのような変な人でも、拒絶せずに、受け容れてもらったことがすごくうれしかった。懐が深いな、と思いました。

——エイリアン？

鳥居　政府が今、女性が活躍する社会に、という政策を掲げていて、「AERA」の元編集者の女性の方がインタビューに応えているのを読んだんですけど、女性が活躍する社会と言っても、男性がたくさんいるなかで一人二人女性を増やしただけでは意見を言いづらい、と。女性目線で見たらこの商品はこういうほうがいいと思うんですけどっていう意見を言おうとしても、所詮は少数派なので、エイリアン扱いをされる、と。なので、女性を一気に増やすとか、外国人とか中途採用者を増やすことも同時にして、女性をエイリアンにしない工夫が必要だとおっしゃってました。

わたしは小学校の途中から、学校に通えませんでした。文部科学省の前川《まえかわ》喜《き》平《へい》・前事務次官たちが推進して、夜間中学などでの多様な学びを応援する「教育機会確保法」が昨年暮れに成立しましたが、わたしはその試案段階から関わりました。

それと同時に、わたしは短歌の作者以前に読者であり、いち短歌ファンなので、歌集を刊行する前から、書店の短歌コーナーでいろんな方の歌集のポップを書かせてもらったり、短歌フェアでみなさんに短歌をおすすめする活動をしてきました。でも、だんだん、書店に足を運ぶことがむずかしい人たちにも短歌をおすすめしたいと思うようになって、「来てください」ではなく、自分から出向こう、と思って、いろいろな会を始めました。

・「子ども短歌講座」はフリースクールで、主に不登校の子どもたちに、
・「虹色短歌会」は夜の繁華街で、セクシャルマイノリティ、または夜のお仕事をされている方に、
・「生きづら短歌会」はNPO法人で、主に障がいを抱えている方やひ

きこもりの方に、

それぞれ、短歌をおすすめしています。すべての人が尊重される世の中がいいなっていう理想に対して、排他的で理不尽で悲惨な現実があるので、みんなが幸せになれるように、できるだけ理想に近づけて行くというか、現実が今まちがっているんじゃないかって声をあげて行く。そういう活動をセーラー服でしてきたので、うん、その意味では、今回、わたしが受賞させてもらったというのは大きいと思います。すごく大きい出来事なんじゃないかな、と思います。うん。短歌の伝統をしっかり守っていくってことも一面で大切なことだと思うので……今回の受賞が記録されて後世に残るのは、とても意義のあることだと思います。

――同時出版された生い立ちの本（『セーラー服の歌人　鳥居――拾った新聞で字を覚えたホームレス少女の物語――』）よりも、歌集『キリンの子』のほうがこれだけ多くの人に読まれた理由は何だと思う？

鳥居　……不思議ですね。短歌なんて誰も読まないだろう、人気がないジャンル、売れないジャンルだから、というのが出版業界の常識なので、正直、歌集の出版は簡単ではなかったです。そうしてやっと出していただいた歌集が多くの方に読まれているのは、なぜなのかなっていう……今、人々が短歌を渇望している、求めているということを、ちょっと訴えたいです。

それから、わたしは特異な経験をした異色な歌人て言われる一方で、歌集を読んで共感しましたって言っていただくんですけど、特異な生い立ちであるなら、共感されにくいはずでしょう。共感がひろがっているのはどういうことかなって、自分でも不思議です。

――ファンレターは版元から転送されてくる？

鳥居　はい。いただきます。あとはフリースクールに届いたりもします。サイン会のときに手渡していただいたり。

――最大公約数的な読者の声としては「共感しました」というのが多い？

鳥居　うーん。厳密に言うと「助けてください」というのが一番多いですね。それも不思議な話なんです。みなさん、わたしの生い立ちとかに同情して歌集を買ってくださったというわけではないんですよ。自分よりかわいそうな奴がいるな、というふうに同情して買ったっていう感じではなくて、「助けてください」という声が多いと思う。

――「助けてください」という読者は鳥居さんに何をしてほしいの？

鳥居　べつに「会いに来てください」とかそういうことではなくて、要約すると「助けてください」。

――「わたしもあなたのように苦しんでます」という？

鳥居　そうですね。みなさん、謙虚なので、鳥居さんほどではないんですが、わたしも苦しくって、と……。

――「鳥居さんほどではないですが」と？

鳥居　はい。丁寧でやさしい方が多いので、わたし、自分の読者が大好きなんですけど、「鳥居さんほどではないんですが」という書き出しから始まり、苦しい胸の内を綴り、応援してます、がんばってください、と。わずかですが、と言って、カロリーメイトや野菜ジュースを送ってくださる（笑）。

障がいがあって作業所で働いていて、全然お金の余裕のないような方がなけなしのお金で図書カードを送ってくださったり、なんか、そういう感じですね。

――思いいれのある歌を何首かあげてください。

一本のマッチ落とせば燃え上がり次々崩れ眩《くら》む家具たち
慰めに「勉強など」と人は言う　その勉強がしたかったのです
失ったふるさとなおも夢に出て夢の魚を買って帰らむ

――短歌は基本、独学なんですよね？

鳥居　はい。五年前に短歌を作りはじめて、百首くらいできた頃、そのうちの一首を現代歌人協会の全国短歌大会に応募したら穂村弘さんが選んでくださいました。その後、吉川宏志さんにお手紙を書いたら、応援してくださって……。それからの三年間はけっこう歌を作りました。

――『キリンの子』ができるまでにどのくらい作りました？

鳥居　自分が歌集を刊行できるとは想像もしていなかったのですが、日々、かなりの量を作ってました。週に何百首って……。全然できないんで、いっぱいいっぱいで、身のまわりのものを観察しては歌を作って、みたいな時期でしたね。初期の頃は三日に一回くらいのペースで吉川宏志さんにメールで送って、見ていただきました。歌壇には若い人がたくさんいるけど、こんなに熱心に歌を作る人は初めて見た、と言ってくださいました。

——歌を作りまくれ、とスイッチを押してくれたのは吉川さん？

鳥居　そうですね。それで、一時は「塔」に入会したんですが、会費を払えなくて退会してしまいました。でも、吉川さんに出会えてよかったです。

——週二百首として、年一万首、三年で三万首も作ったんですね？　その大半を『キリンの子』に収めずに捨てた？

鳥居　はい。わたし、どんどん歌ができるタイプじゃないんですよ。質のいい歌がポンとできたらいいんですけど、天才じゃないので、自分に鞭打ってというか、いっぱい作ってみるしかないんですね。

今でも十首の歌の依頼があったら、百六十首は作ることにしてます。

――なぜ十六倍？

鳥居　なぜかな。でも、歌を作るの、苦手です。

――特に影響を受けた歌人は？

鳥居　吉川宏志さんは言わずもがな、ですけど……。

——ある歌人の全集を読破した、とか。

鳥居　最初はそんなに読んでなかったですね。

——短歌の型をマスターするために、過去に書かれた短歌を読まないと作れないのが普通だと思うけど、読まなくても作れるものなの？

鳥居　そうですね……。

揃えられ主人の帰り待っている飛び降りたこと知らぬ革靴

この革靴の歌とかはだいぶ初期の、全然読んでいないときに作りました。

この町に本当はなく僕たちは箱に詰まった海を見に行く

これもⅡ章に入れたけど、全然読んでいないときの歌ですね。

――そういう意味では誰にも似ていないのか。そんなこと、ありうるのかなぁ。

鳥居　途中からいろいろ読みましたよ。寺山修司《てらやましゅうじ》を読んでみたり、志垣《しがき》澄幸《すみゆき》さんを読んでみたり、塚本邦雄読んだり、明石海人《あかしかいじん》読んだり、中城ふみ子も読んだり、葛原妙子《くずはらたえこ》も読んだり、宮柊二《みやしゅうじ》、近藤芳美《こんどうよしみ》……。どうなんですかね、以前お会いしたＮＨＫのホールで出版社の方が本を売ってたじゃないですか。あれを見たときに、「ここの本、全部持ってる」と思ったんですよ。

——七、八社が長机を並べて売っている、端から端まで?

鳥居　はい。あんまり読んでないと自分では思ってるけど、意外と読んできたかもしれない。

——それは図書館で借りて、じゃなくて、買ったんだね。

鳥居　買ってますね。

——買うときはamazon?

鳥居　amazonですね。書店に置いてないので……。

——飯はカロリーメイトで、お金は本代に消えてる？

鳥居　段ボールに本入れてるんですけど、十五箱ぐらいある（笑）。なんだろう、そのへんの本屋さんの短歌コーナーより充実してるかもしれない（笑）。貸し出しオーケーの、図書館つくりたいな、と思う。

――葉ね文庫の池上規公子《いけがみきくこ》さんは本をすすめるコンシェルジュ力がすごいんだよね。二、三年前の歌集を面陳で売っていて、けっこう売れるというんだ。短歌の出版社は自前で本屋もやるほうが話が早いと思った。

鳥居　いいかも。

――鳥居セレクトのコーナーがあるとか。

鳥居　いいですね。

――読んでないと思ったら、けっこう読んでる。

鳥居　うん。俳句も読みますよ、わたし。実は去年かな、俳句の大会にこっそり応募して、「ホトトギス」の主宰の人に二位に推してもらって、でも二位だから、賞をとってないんで実績ないいんですけど。

——才能あるね。

鳥居 いやいやいや、地を這うようにやってます。一位獲りたかったなぁ。

——口をついて出てくる歌人がほとんど前衛ばかりで驚いた。不思議。

鳥居 不思議っていうのは、昔の、万葉集とか読んでないってこと？

——いや、若い歌人へのインタビューで万葉集って答えは仮に読んでいても出てこないけどね、よく読む歌人が誰かというのは、よく着るファ

ッションのブランドはとか、よく聴く好きな音楽はとかいう質問への答えがその人のイメージを規定するように、歌人にとって大事な、読まれ方を左右するような話でしょう？

鳥居　うん、たしかに。

――その答えの最初に出てきたのが寺山修司だというのはショッキングだよ。

鳥居　たしかに（笑）。寺山さんの「田園に死す」の映画も観て、俳句も読んだりして……。今、演劇関係の仕事もしているので、「寺山さんと昔、仕事したよ」という方とも会うんですね。今日このインタビューの前に宝塚歌劇団の振付師と世界的なダンサーと打ち合わせがあったんですけど……。

寺山さんて、いろいろ同時にしたじゃないですか。だから、わたしとしては社会活動とか政治ですね、新たに法律を作るとか、無視されていた人権を勝ちとるみたいなことをしつつ、短歌も好きで、というのは両立してもなんの問題もないと思っていて、そのバランス感覚は寺山さんを最初に観たからかもしれないですね。アーティストが音楽歌いながらチャリティ活動したりするわけで、世の中のために何かしつつ短歌も作りますよ、というのはなんの矛盾もないと思うんですよね。

――手塚プロ公認の「真夜中の鉄腕アトム」の舞台とかも、歌人鳥居が片手間にやってみた、という以上の活動になる可能性があるんだね？

鳥居　いろいろやりたいことがあって……。歌人になったのは、歌人かっこいいなと思って、歌人になりたいと思って、歌人になったんですけど（笑）。

――歌人かっこいいな、と思ったその歌人て、誰？

鳥居　それはやっぱり穂村弘さんとか吉川宏志さんですよ。歌人かっこいいなと思って、なりたいなと思って、全国短歌大会でちょっとした賞を獲ったり、中城ふみ子賞の候補になったりしたので、まぁ、自称歌人でしたけど。

いいな、やってみたいな、と思ったら、やりたいタイプで、短歌も最初、全然、歌作れないけど、歌人かっこいいからなりたいなと思ってなったので、今、わたし、ダンスは全然踊れないんですけど、ダンサーかっこいいな、なりたいなと思うので（笑）、やってみたいなと思います。人生短いから……。

ダンスとか演劇はある意味で、鳥居じゃなくなりたいと思ってやってるんですよ。不幸な生い立ちの女の子っていう役割はもう面倒で。別に幸せですけどって（笑）。ちょっと前まではわたし、ふとんがなかったんですけど、今はふとんで眠れるし、カロリーメイトと野菜ジュースもあるし、幸せだな、と思っていて、でも、いつもこう依頼されるのは暗い話が多くって、不幸な女の子の役割に疲れたんで、そうじゃない自分もほしいな、と思って。

――きみはもう人に何かを与えることができる人になったんだと思うよ。特に短歌を通じて。

鳥居　もしそうなら、うれしいです。わたし自身は自殺する人を減らしたいという思いが昔からあって、短歌にはその力があると思っています。

――セーラー服はいつかは脱ぐんですか？

鳥居　正統派の歌人っぽくなりますよね、普通の服を着ていたほうが。でも、今日はこの服、ユニクロですけど、これを私が着てても誰かの役に立たないじゃないですか。この服のメーカーの宣伝にしかならない……。

わたしがセーラー服を選択する理由は、セーラー服でない服を着る場合に比べて、社会に貢献できるからです。社会貢献できるかできないかだったら、できるほうの服を選んでいるってことですね。

たとえば、戦争を経験していない世代でも原爆ドームを見たら「本当にここに原爆が落ちたんだ、戦争って実在したんだ。」ってわかるじゃないですか。だから、ずっとおばあちゃんになるまで着るんじゃないですかね。

――「歌人鳥居」を歌壇内外のメディアが起用することを考えたとき、セーラー服の主張が前に出すぎると、使いづらいんじゃないかな。入り口は普通で、共感してもらってから巻き込んでいく戦略もあるでしょ

う？

鳥居　原爆ドームを壊して、新しくて便利なショッピングモールを建てたほうが土地としての使い勝手はよくなるかもしれない……たしかに事情を知らなければ、それは歪なものとしか、受け止められないと思います。だから、なぜそれはそのように存在するのか、という事情を伝える努力は、かなり、してきたつもりです。そもそもセーラー服を着ていなければ、「どうしてセーラー服着てるんですか？」「いつ脱ぐんですか？」という質問は起こりえないでしょう？「なぜセーラー服なのか？」という疑問を当然、視聴者や読者は感じるので、インタビュアーはそのつどそのつど、この質問を避けるわけにいかないんですね。もしも、不幸な話だけを記事にしたいというメディアの方が、仮にいらっしゃったとしても、ほとんど必要に迫られて、簡潔ではあっても「この人がセーラー服を着ている理由は……」と、教育や人権問題の説明を入れることになりますよね。もうそれだけで、この歪な格好をしている価値は十分ある、とわたしは考えています。まぁ、服装のせいで偏見を持たれたり、悪口を言われることは、とても多いですけど（笑）。

はじめてセーラー服に袖を通そうと思った日、戦後七十年にわたって人権を抑圧されてきた方々の代弁者にならなければいけない、と気を引き締めたことを今もおぼえています。

――第二歌集はどんな歌集になりますか？

鳥居　わからないです。日々を懸命に生きて、その積み重ねが本になるとよいなと思います。

――昔のことを歌にするとフラッシュバックが起こるんでしょう？　昔のことはもう歌わない？　そこは自分でもよくわからない？

鳥居　そうですね……。

――昨年末の「つどい」で水原紫苑さんが「死を受容している静けさ」って評してたね。

鳥居　能の話もされてましたよね。めっちゃうれしかったです。ふふふ（笑）。

「つどい」は思い出すと胸があたたかくなるような会でした。本当にありがとうございました。

——岡井隆さんが寄せてくれた文章（本書Ｐａｒｔ２）、**読んだ？**

鳥居　読んで、岡井さんの言葉が身にしみて、泣きました。

——『キリンの子』をどう読むか、いろんな読み方があっていいと思うけど、みんなの思いの一つは岡井さんの言葉に結晶化していると思った。鳥居さん、歌を作り続けてくれ。そして、どうか死なないでって。

〈了〉

2017 7/9

『キリンの子』を読む

発行日　二〇一七年十二月十五日

編著者　鳥居歌集を読むつどい
　　　　実行委員会

定　価　本体一五〇〇円＋税

発行人　真野　少

発　行　現代短歌社
　　　　〒一七一-〇〇三一
　　　　東京都豊島区目白二-八-二
　　　　電話　〇三-六九〇三-一四〇〇

発　売　三本木書院
　　　　〒六〇二-〇八六二
　　　　京都市上京区河原町通丸太町上る
　　　　出水町二八四

印　刷　日本ハイコム

ISBN978-4-86534-222-2C0092 ¥1500E

gift10叢書 第7篇

この本の売上の10%は
全国コミュニティ財団協会を通じ、
明日のよりよい社会のために
役立てられます